阳 光 诗 系

边走边唱

海男 著

黄河出版传媒集团
阳光出版社

图书在版编目（CIP）数据

边走边唱 / 海男著. -- 银川：阳光出版社, 2024.

6. -- (阳光诗系). -- ISBN 978-7-5525-7351-0

Ⅰ. Ⅰ227

中国国家版本馆CIP数据核字第2024X7L034号

阳光诗系·边走边唱　　　　　　　　　　海男　著

责任编辑　申　佳　赵　寅
封面设计　鸿儒文轩　·　末末美书
责任印制　岳建宁

黄河出版传媒集团
阳　光　出　版　社　出版发行

出 版 人　薛文斌
地　　址　宁夏银川市北京东路139号出版大厦（750001）
网　　址　http：//www.ygchbs.com
网上书店　http：//shop129132959.taobao.com
电子信箱　yangguangchubanshe@163.com
邮购电话　0951-5047283
经　　销　全国新华书店
印刷装订　山东新华印务有限公司泰安分公司
印刷委托书号　（宁）0029857

开　　本　880 mm×1230 mm　1/32
印　　张　8
字　　数　160千字
版　　次　2024年6月第1版
印　　次　2024年6月第1次印刷
书　　号　ISBN 978-7-5525-7351-0
定　　价　68.00元

目 录
CONTENTS

辑一　海拔中的岩石距离

辑二 边走边唱

辑三　绽放

辑四　夜光漂移记

辑五　麦秸色

辑六　水之赋

辑一

———

———海拔中的岩石距离

海拔中的岩石距离

我知道，岩石是冰冷的
它的冷使人类撤离于千万里之外的城堡
先别用手去触摸岩石的温度
海拔以下的温度，当然是热的
比如，在海拔九百米的热谷中静卧着一块岩石
用手摸一摸，它的温度可以灼热你手掌心中央
那些被罐子、苔藓、晾衣绳、权力、钓鱼竿
所掌控过的纹理。滚烫的岩石边
是一棵红彤彤的木棉树
花冠像太阳般硕大并完全绽放
一朵花有可能因热烈而想倚依树身下的岩石
它恰好在半空中垂落时找到了岩石的凹陷处
在里面有短暂的阴凉，有避开烈日的自由
海拔五千米以上的岩石比冰雪更凛冽
它的身躯插入了另一块岩石中央
这是裁决。就像男人和女人在一起
除了如胶似漆，在多数情况下

总要用手指抚着相互的额眉，从额眉下的穴位

发动一场性别之战。岩石是冰冷的

只有岩石间互相承受那些犹如从脚指头间

上升的寒气，才可以挺立或屈膝

所以，它们互相衔接着越来越多的寒霜

去看山林和峡谷中的岩石，会看见兀鹫

穿着庆典的黑色羽毛编织的华贵礼服

兀鹫不仅仅在红色木棉花旁边的岩顶上拍打着翅膀

同时也会猛然往高空振翅飞去

兀鹫嗅到了海拔以上大瀑布的声音

看见了水与火的距离。啊，距离

兀鹫的黑翅膀经过了海拔九百米的区域

它们的翅膀碰撞到了烟火

而此刻，一群漆黑的兀鹫将直插云穹

它们顺着水与火的距离疾速而上

兀鹫的羽毛被冰凉的岩石碰痛后再继续而上

在水与火的距离中，应该就是天堂的原乡

一座大宅院里奔跑着什么样的巨兽

要沿古巷往前，古巷因为太老了
已被人废弃。历史总是在废弃的美学中
保留了原形。时间不可能复制祖父祖母的原形
不可能复制一块碎裂在梳妆台下的镜子的原形
高端的技术也不能复制一只七世纪前鸟的原形
不能复制的有水井、楹联、香炉、碧云野鹤的原形
不能复制的有发丝、银器、屏风、暗送秋波的原形
不能复制的有屋檐、燕窝、杂货铺、金枝玉叶的原形
太老的古巷传说着绣花鞋和鬼故事
太老的古巷越来越荒芜了，先是看见一只绣花鞋
从一片干枯的杂草中出现，它仿佛带着鬼故事
要来扰乱人的心脏，但蹊跷的是另一只绣花鞋
没有显形露相。一只孤单的绣花鞋上的花鸟已衰退
绣出鞋面上花鸟的老祖母，已乘风而仙逝
穿绣花鞋的女子看得出来已同花鸟撤退于人间天上
剩下的是青石铺垫的宅院，台阶有三级，门槛很高
荒草很凉，长在墙角边隅的几株牡丹芍药却分外妖娆

宅院中突然弥漫着一阵阵来历不明者的香气

又像是一头巨兽置身在荒草中仰头看屋檐上的精灵

那一头头有眼有身有尾巴翅膀的精灵们

仿佛又转世回家。大宅院中奔跑着什么样的巨兽

脚穿绣花鞋的女子曾在这院落与巨兽对峙

时光绵长，从屋檐流下了尘封之水

偶尔有鸟翼顺屋檐水而落在青石板

一座大宅院曾潜藏过什么样的巨兽

追溯中绣花针已穿过了紫绒鞋面

神鬼从光影中擦身而过，井栏上的青苔

干枯后遇到雨水又开始长出葱绿色苔藓

那几朵硕大的牡丹芍药正绽放出前世的妖媚

想象中的那头巨兽穿过了墙壁，奔出了高高的门槛

当一头水牛去耕地时我们在干什么

一头水牛走出了村庄，它太孤独了
因为牛都被运货车送往了屠宰场
屠宰场很远，上运货车的大都是黄牛
水牛留了下来。黄牛的脊背像泥土
水牛的脊背很像被雾笼罩中的村庄
从前的从前，水牛或黄牛都可以耕地
从前的从前，屠宰场远在山那边
从前的从前，水牛理所当然都是用来耕地的
黄牛和水牛的野心被黎明前一只大红公鸡的
啼叫声唤醒，那只站在草垛上的大红公鸡
仰起头来啼叫，树枝上的露珠儿顺着叶片在滚动
哦，你没见过公鸡啼鸣时，露珠儿滚动的时辰
天很快亮了。天很快亮了，公鸡继续仰头看着天空
牲畜们走出了厩栏，从前的从前一头头黄牛水牛们
一前一后簇拥着走出了水墙石栏中的最后一级台阶后
目光笔直，认准了村庄外的土地以及山坡上的土地
时过境迁，黄牛们开始被货运车载走了

留下了不多的几头水牛。当一头水牛去耕地时
我们在干什么？这是两个完全不相关的问题
水牛已来到了村庄外的山坡上耕地
它青灰色的脊背之后是一个推动着铧犁的农人
这个场景太古老了。在千里之外的另一座城池中央
机器人正在耸入云空的钢筋水泥房子里
来回地清除着地上的垃圾，包括一根纤细的头发丝
也被机器人带走了。孤独的水牛在一天中
犁完了一亩地。当水牛在夕阳中慢慢地下坡回村庄时
你是在哲学书中发现了泉水？还是在落地玻璃窗前
患上了流行城市的抑郁症？你听见水牛的哞叫了吗
你看得见黄沙从天边卷起一头水牛正在河里洗澡吗

我说不出奔跑的麂子为什么跑得那样快

我说不出奔跑的麂子为什么跑得那样快
就像我说不出男女为什么要建立婚姻
黑褐色的一头麂子，几秒钟前还站在光秃秃的岩石上
我从低矮的峡谷中往上看见了它
在看见它时，我觉得孤独
就像岩浆忽而喷涌忽而凝固
在看见它时，我觉得头晕目眩
很可能会让我失去方向
麂子伫立于光秃秃没有一棵草舞动的岩石上
它微微向上仰头的姿态，让我想起了
某一天黎明我敞开窗户时
看见了大片大片的云层中有雷电
我开始往上爬，站在峡谷中人往上爬的时候
会大口地喘气，会用手去寻找身体失控时
可以攀附的树藤。当我再抬起头来时
那个光秃秃岩石上的麂子不见了
就像云层中向窗户涌来的雷电突然不见了

我说不出奔跑的麂子跑得那样快

我说不出往上爬行的那一个岩石上会栖着一只鸟

或栖着另一头黑褐色的麂子

我说不出人在峡谷底部往上爬时的落差感

几只鸟从一个岩石跳到另一个岩石只需几秒钟

一头麂子从光秃秃的岩石跑向山顶的原始森林

同样只需要几秒钟。我说不出从夹缝往上看

天空为什么那样碧蓝，树枝为什么晃动不息

我说不出一头麂子奔跑着，是不是因为饥饿

我说不出怒江大峡谷的岩石上有多少头麂子在奔跑

我说不出落差之间为什么有一只蝴蝶在眼前飞行

我说不出邮差为什么要穿着绿色的衣服送信

我说不出半夜的岩石为什么越来越冰凉似水

在人与兽的声音交织的黑暗深处

在人与兽的声音交织的黑暗深处
一只猫从屋顶跳到了另一个屋顶后
消失了，不会留下片言片语
它轻快地穿过了宅院便从一架梯子上了屋顶
人不需要上屋顶，所以，屋顶便留给了
那些悄无声息的精灵们去偷情赴约或举办舞会
在人与兽的声音或高或低的幕布下面
灰烬正从高空荡在黑梨树上再顺着枝叶往下落
你在黑暗中看不见无以计数的灰烬正在往下落
就像你在黑暗中看不到自己的眼睛中
隐藏的一丝丝焦虑，啊，当焦虑上升
你在黑暗中看不见灰烬落在了哪一棵苹果树下
就像你在黑暗中看不到拖拉机的锈迹
正在大面积地扩张，它已疲惫万分
在人与兽开始耳语时的黑暗中你看不见灯光
因为麦子在黑暗中从青涩开始转黄
因为灶膛边的柴火熏黑了四周的墙壁

在人与兽开始手拉手跳舞时，黑暗中你的手
忽而正在寻找柴块，忽而像是在摸索着家谱
人与兽的声音忽然像是柴块正在火塘边燃烧
又像是穿梭在一部家谱的编年史中迎接着冰凉的抚摸
在人与兽通行的路上，有如此漫长的耳语声
犹如一辆消失了踪迹的牛车突然发出了车轮声后
正穿过麦田边窄小的路，一片湿雾开始升腾
人与兽的声音就像灰蒙蒙的雾突然在夜幕下消失无踪

我们酿酒吧

要怎样度过一个很长的冬天，我们酿酒吧
先是抱来了坛子，这只坛子是母亲很早很早以前
从镇里的集市上背回来的
中年时代的母亲总共从集市上背回了四个坛子
当母亲背回坛子的时候，我们正坐在大树上
伸出手找到了一个鸟巢。想起来那个鸟巢中
竟然有六只没长出羽毛的小鸟
我们惊叫着，就在这时候
母亲背着一个坛子回来了
我们从树上看着母亲将脊背上的坛子靠在了墙角边
看上去那只坛子很大很大，有树上鸟巢的几十倍大
坛子就这样立在了墙角边，那个位置很适合
一个身材饱满的坛子。就像树冠上的枝丫
诞生了一个鸟巢。坛子立在了墙角边又是为了什么
有几年时间坛子里腌满了萝卜青菜
每到吃饭时，坛子里的腌菜就散发出酸辣的味道
母亲又相继背回了三个坛子

坛子被支立在了一间阴凉的小屋

母亲说，让我们来酿酒吧，让我们来酿酒吧

这声音就像树上的蝉声显得很清脆

让我们来酿酒吧，这声音让我们忽略了庄稼地的荒芜

让我们来酿酒吧，这声音让我们忘却了父亲的死亡

让我们来酿酒吧，这声音使树上鸟巢中的小鸟探出了头

让我们来酿酒吧，这声音之下我听见了尘埃已落定

让我们来酿酒吧，这声音使我突然又开始爬上树冠

从牛羊粪中弥漫而出的隐喻

从牛羊粪中弥漫而出的隐喻，或许会让你

买一张车票回家。首先，要到哪里去才可能

嗅到牛羊粪的味道呢？一生中，我们失去过的

味道太多太多了。你还记得一个紫檀箱子的味道吗

那个紫檀木箱子去了哪里？也许还在房间角落

也许已去了拾荒者手中，也许已去了天国

一个紫檀木箱子当然有它自己的命运

用过的东西和遇见的景观与人擦身而过

或者蜕变为思念和泡沫。很多人并没有闻到过

牛羊粪从新鲜到干结的味道。就像很多人

并不仅仅是失去了一个紫檀木的箱子

就我而言，失去的东西中有情笺，它随风逝了

还有梦中梦，它被光亮载走了

还有日记本，它被火焚化了

还有旧船票，它被手撕碎了

我想回到滇西的村庄里去，沿着经纬度的变换

山坡上开始有荞麦摇曳了，再往下走几公里

村庄出现了。牛羊粪洒落在一条土黄色的小路上
我像是在不经意之间嗅着这味道
仿佛我刚刚用手摸过牛羊们的脊背
脊背上有曲线。众生的身体上有穴位还有曲线
还有从牛羊粪的味道中弥漫出的隐喻
这些味道是发过酵的，它们在小路上呈现出
零零散散的痕迹。牛羊粪新鲜时味道很刺鼻
但只需几小时或者一夜，就趋于风干了
新鲜的牛羊粪和已经逐渐风干的牛羊粪
其味道的差异就像你张开了鼻孔
一阵风过来了，新鲜的牛羊粪味道过来了
你看见了牛羊们扬蹄从山冈上回家了
一阵风过来了，风干的牛羊粪味道过来了
你看不见牛羊们躺在厩栏中栖身的形态
从新鲜和风干的牛羊粪的味道中
我们看见了两种隐喻。又一阵风过来了
它是在告诉你，倘若有一天村庄消失了
牛羊粪的味道就消失了，或许，牧场上会有牛羊粪
是的，别那么绝望，或许从牧场那边
会飘来一阵阵新鲜的或风干的牛羊粪的两种味道

当祖母老去的时候房屋也开始变老了

你是否会相信这样的现实

当祖母老去的时候房屋也开始变老了

现在，老祖母确实已经老了，就像梁柱上生出了

大面积的斑纹，老祖母正坐在一把同样很老的椅子上

晒着西移中的太阳。她将头努力地倚依着椅背

这应该是一把黑檀的座椅吧，如果离椅背稍近些

还有一种头发丝般的暗香。如果靠近椅背

你会看见祖母的轮廓依旧，你和我都没有看见

年轻时的老祖母。但你和我都有想象力的触碰

凡是旧物、逝者包括逐日衰竭的呼吸

都可以使用想象力去搜寻。首先，我开始

动用沉滞在冰雪和草垛上的想象力了

它像是有了触觉，比手跑得更快一些

相比风云闪电来说，那有了触觉的想象力

让我已经在眨眼间，就想象出了年仅十八岁的老祖母

她的脸是一朵花蕾，那时候新筑起的宅院中

第一批燕雀飞来了，第一群蜜蜂嗅到花香飞来了

那时候高大的木梁撑起了一座房屋

飞进屋的燕雀用尖细的小嘴

已经衔着草棵到屋檐筑巢了

那群蜜蜂则绕着年仅十八岁的老祖母飞来又飞去

仿佛十八岁的老祖母就是一朵

盛开的牡丹，一片油菜花

时过境迁之后，西移中的阳光在老祖母的脸上

移动着老年斑，像池塘水面上的波纹

啊，请你们别害怕老祖母脸上的一块块老年斑

尽管那些老年斑赤裸裸地呈现在眼前

请你们别害怕老祖母手中离不开的那根拐杖

就那一块块老年斑来说，它们更像陈年的蜂巢

就那一根拐杖来说，它在西移的阳光中很像魔杖

转眼间，阳光已西移在山头之下

老祖母从椅子上仰起整个身体

椅子在发出浑厚的响声

老祖母已经站了起来，并撑着那根拐杖

她站在屋檐下，老祖母老了

她身后的房屋正陪伴她的年轮寻找春光

伐木声消失以后

伐木声消失以后，森林里的树就活了下来

人为了活下来辗转在厨房、旅馆、医院、公园

决斗场、银行、农庄、灰烬、学校、列车、轮船中

人活着时有媚笑、阴谋、诡计、暗流

爱情、婚姻、疫情、搏斗、挣扎、贫穷、忐忑、焦虑

一棵棵树活了下来。很多年没有听见伐木声了

有很多年没有在森林中

看见锃亮的锯片伸进树身的场景了

森林里不再有挺直身躯的树倒了下去

最重要的是你不再听见树的疼痛了

我曾在幼年时看见过大批的伐木工人

昂首阔步地走进了森林

之后，一棵棵巨树倒了下去

一棵棵巨树倒了下去，就像被子弹刀剑伤透了

心脏。我曾藏在另一棵树后

细数着倒地身亡的巨树

从树身上流出了乳白色的液汁

漫流在树身下的枝叶

再之后，一棵棵巨树顺着森林外的山坡滚了下去

再以后，那些与树叶枝干完全分裂的巨树

朝着篝沟滚了下去。树终于在轮回中活了下来

原始森林中终于消失了伐木者的身影

我想起了这些词语：赎罪、忏悔、沉痛、肃穆、朝圣

历史、混沌、黑暗、战乱、自由、独立、尊贵、寺院

森林中有泉水也有妖怪

森林中有泉水也有妖怪

准确地说有泉水流动的箐沟是妖怪奔跑的地方

有泉水渗进腐殖叶的万千树藤之上是妖怪栖身之地

有泉水涌动的源头是妖怪的出生地

看啦，泉水从幽暗的原始森林中流过来了

你看见妖了吗？在那些寄生的

树藤上有一团白色的影子

在那些错落无序的枝干之间

悬挂着妖怪的绿色袍衣

在那些落英缤纷中跳舞的难道就是妖孽

看啦，泉水绕过了一道斜坡

突然幻变出了一条白色的瀑布

你看见妖了吗？从那高高的石阶上

畅流而下的是妖吗

从那激起千层浪花的漩涡中

脱身而出的是魔怪吗

看啦，泉水濡湿了羚羊、云豹、野猪们留下的痕迹

你看见妖了吗？那团氤氲荡来荡去是妖的幻影吗

你看见妖了吗？突然间出现了

一大片野花摇曳着的是妖姬吗

你看见妖了吗？有一团莫名的蓝调

穿过了涧流看上去就是妖精

你看见妖了吗？当你弯下腰

站在溪水边你看见水中人是妖吗

森林中有泉水也有妖怪，这是谁揭穿的奇境

看啦，刚听见了泉水的旋律

就看见了一个晶莹剔透的妖

黯然时间中的忧伤的牛车到哪里去了

喜欢追寻牛车的影子
尤其是当我置身于黑暗的旅途
牛车很落伍，很土很土，早应该进博物馆了
然而，在博物馆是看不见牛车的
因为它还不是文物
所有呈现在博物馆内的都是文物
牛车还不可能沿着荒凉的乡壤之路来到博物馆
牛车是落伍的工具，尤其是当我行走在黑暗旅途
天很黑，但还没有抵达尽头
很多人以为命运已经辗转到了尽头
殊不知尽头很远，很远
就像坐在草垛上看星宿那么遥远
尽头可以看见，但是抵达尽头
还需要你坐在草垛上看星宿时的勇气和温柔
那辆来自泥泞、斜坡、砾石中的牛车到哪里去了
喜欢追寻牛车的我，正在黑暗中迷失方向
本应该顺石阶下去就可以抵达一座村庄

却正在穿越着麦田。麦芒很尖细，可以擦伤手臂

顺着这条路走出去，竟然看见了澜沧江

一辆很土的牛车竟然抛锚在澜沧江岸边

这意味着我是否已走到了尽头

因为只有在远离玻璃器皿和机器人的区域

才可以在黑暗中看见一辆黯然失色的牛车

这是幻觉吗？我顿足，鞋子里携带着穿过麦田时的

泥石，手臂上留有麦芒刺痛后的痕迹

眼底下是一条漆黑的澜沧江

再仔细看江岸上竟然有一辆牛车的影子

再细看竟然看见了牛车的车轮

起风了，细听竟然就听见了澜沧江的波涛

我走近了牛车的影子，触摸到了车轮上的泥巴

这辆快散架的落伍的牛车，仿佛让我听见了

车轮声，仿佛风在喘气时的嘘声

又仿佛是某年某月某日的我

走到了牛车边看到了尽头

这尽头并不全是黑暗，它仿佛一匹蓝丝绸

裹住了我，并施展了魔法

嘘，我已抵达

嘘，我已抵达。我是在告诉你
别再观看一头牛朝着山野走去的背影
它那隆起的青灰色的脊背之上很可能就是山峦
别再循着坐在火塘边唱着歌谣的
老人的音韵去寻找天堂
哦，天堂的地址，就在院子里
就在鸟衔来谷物的地方
嘘，我已抵达。我是在告诉你
那头朝山野走去的牛会回来的
它耕完了地，就会昂起它的头
抖落身上的泥土，走到河边洗一个澡
再用脚踩着尘土回家。现在，还来得及
推开门，坐在火塘边
聆听那个很老的爷爷唱出的歌谣
爷爷确实很老了，他让我想起了
山冈上一棵树的年龄
他让我想起了镜子里一个蒙面人的传说

爷爷确实很老了，他让我想伸出双手

去山冈上拥抱那棵树

他让我想站在蒙面人面前

嘘，我已抵达。今夜，你千万别再找我

尽管那头耕田的牛已经回家

老爷爷的歌谣声已落下尘埃

仿佛落下了最后一个

像干枯了的黑栗子式的音符

相信我吧，嘘，我已抵达

嘘，我已抵达。在那头牛耕田的山冈以上

我抵达了朝里面再走五公里后

遇到的一个白花花的瀑布

嘘，我已抵达。在老爷爷的歌谣途经的路上

我抵达了一场意外的战乱并为此穿上了盔甲

嘘，我已抵达。在与蒙面人的

对峙中我看见了另一双眼睛

嘘，我已抵达。我已抵达世人想轮回的道路

这是下午，山冈上已经有温度了

这是下午，山冈上已经有温度了

我们努力想成为那些

用竹篱笆圈围起来的一部分

想成为一头羊，最好是成为黑山羊

它的身体看似并不健壮，却可以越过篱笆

它到更远的溪流边喝水去了

它到更远的岩石上晒太阳去了

想成为石灰岩下的一片荒野

是因为我们正荒芜着

耳朵的听力下降了，嘴唇上的玫瑰色慢慢消失了

眼睛里的光芒趋近黯然，哦，我们，正在老去

一个开始老去的人，最适宜在荒野上

那么就躺下来吧，最好躺在黑山羊晒太阳的地方

这是下午，山冈上的温度越来越高

我们可以趴下去，像古人将耳朵贴在大地上

就可以听见马蹄声下是战乱还是商旅

我们可以屈下膝头，趴下身体

在野生植物中找到治疗沉疴的仙草

我们可以站起来，挺立身躯

像国王和皇后一样骄傲地将头仰起来

这是下午，山冈上的温度开始下降

天边有一抹变幻着的云团，突然载来了雨点

再之后，我们在岩石下避雨，一群黑山羊

倚靠着我们的双膝，雷霆也来了

在忽而黑暗忽而闪亮的天幕间，我弯下腰

将一只小羊羔抱在了怀中

我的腹部体温开始上升

我们都忘却了彼此的性别，乃至于忘却了

在这座山冈之外我们身体所携带的原罪

要看清楚尘埃的颜色和尘埃间的差异

要看清楚灰烬的颜色
要更深入地看见灰烬的差异
这是冬天的滇南，在已收割过的田野之上
土地裸露着，这里是果园，也是菜地，农庄
因而脚下都是厚土，人的双手穿不透的尘埃
尘埃这个词语并不显得沉重
如果你在用手搅动着咖啡时
想起这个词语，那么它仿佛
只是盆景中的一部分内容
如果你在公园中散步看见了大片的人工花园
那么尘埃这个词会让你嗅到一种奇异的花香
大量的尘埃来到旷野乡土，来自列车从长长的
透不过气来的黑色隧洞
探出头后的一阵莫名的欢喜
当然也来自你的脚力下自由延伸而去的国度
尘埃深处可以直立起一块块青石板
上面镌刻着墓志铭，一个亡灵者在此生活过

在一望无际的尘埃深处，你可以去朝圣寺庙佛塔

从脚下的尘埃中你可以搜寻到铧犁生过锈的味道

你可以看见鸽子捎来的信笺在尘埃之上飘动着

你可以看见一个亡灵人被超度后去天堂的路线

要看清楚尘埃的颜色要看清楚尘埃间的差异

要有赴死的勇气，也要有活下来

伫立在尘埃上的安详和信心

作为一个人，你无论赴死还是活下来

都离不开手指下的尘埃，它们像书一样被风吹开

你是其中的某一页。你注定要在这些尘埃中生长

有一天，你注定要成为这些尘埃中的一粒干枯的

豌豆，没有被收进粮仓，而遗留在尘埃中

有一天，你注定要成为这些尘埃中的尘埃

咖啡已经凉了，咖啡馆要关门了

还是到田野之上去看尘埃吧，无论你脚下

踩着什么的尘埃，它们的差异就是一部神话

辑二 —————— 边走边唱

抑郁穿过了近距离的山冈

抑郁穿过了近距离的山冈

我知道那里有成片的野生黑栗树园

没有园主守候它的区域

没有欲壑填满它的树心

没有粗糙的话语使它惊悚摇晃

一只鸟穿过了它们的冠顶

清泉渗透了它裸露的躯干

我知道，今天我们仍依赖于沉默

将手上的铁锈洗干净

将露台上的幻影推到远方

抑郁在房间里穿行，如书上的咒语

开启了一片早已荒芜的土地

我知道，棘手的事情很多

每个人都喜欢让自己的牙齿变得洁白

让语言如风暴逝去之后安静祥和的夜晚

我知道，垂在地上的影子多么谦卑

我知道，男女有别

血肉之躯有多挺拔就有多脆弱
我知道，那片野生的
黑栗树冠之上的云朵有多渺茫

蝴蝶的寓言

黑暗已存在太长太长的时间

伸出掌心让闪电降临吧

曾记得穿上新鞋第一次奔跑时

我命运中出现了沼泽、旷野、寂寥的秋风

还有你时隐时现，像一册书籍

召唤我到牧羊人的山冈上去迎接蝴蝶

当蝴蝶降临时，我在沼泽中

正要将一只腿拔出来

当蝴蝶降临时，我在旷野上

目送着一个先知的背影

当蝴蝶降临时，我在寂寥的

秋风中正荡着朝前朝后的秋千

啊，翅膀上闪烁着雪光的一只蝴蝶

同时也闪烁着麦芒的金色、镰刀上的锃亮

在金沙江的湾流中，我所遇到的那只蝴蝶

以翅膀上耸入云霄的玄幻，告诉我说

顺着金沙江的湾流往下走五里

就会看见一群淘金人，他们守候着江岸

如守护着传说中的一个神话

他们赤裸着脚仿佛出生以后就没有穿过鞋子

他们赤裸着上半身仿佛想用烈日灼伤自己的心跳

蝴蝶的翅翼只在此停留了片刻

我的现实或存在也在此停留了片刻

伟大的时间总是将我们的肉身载往前方

一只蝴蝶的生只有几十天

在它从高空中落下来时

我们已经往前又走了五里

蝴蝶最终落在了哪一片村庄的瓦砾上

这是一个肉眼看不到的涅槃

我们总是在生死的门槛上跨出跨进

我们总是在生死的门槛上跨出跨进
洗干净脸，总是想与世界保持着
一层丝绸般的关系。这关系
可以像擦干净的玻璃那么光滑明净
又可以像一只野鹤，隐现于天际
诱惑着我们放下手中的钱包、吸尘器、俘虏
放下厨房中的菜刀、佐料，冰箱中的牛排骨
我们仰起洗干净的脸，游离于人群中后
看见了一只野鹤。就像看见了一层丝绸的外面
是一堵墙壁上的裂缝，是几个讲故事的老人
是一台缝纫机的转动，是一个空心人的影子
当我们用一张脸去接受荒谬、灰尘、谎言时
我们总是想与世界保持着水一样的关系
当身体中的水分变得枯竭时，我们低下头
到树根下、灌木丛去寻找水源
我们倾尽一生，就是为了像水一样流向远方
站在有水涤荡的湖岸、泉水边

只有水，柔软之水，会洗干净
你脸上荒谬的处境，灰尘中的沙漠
只有水的力量可以洗干净你脸上的谎言
现在好了，我们已经又看见那只野鹤
一只野鹤，浑身的素白色
可以使你在生与死中看见许多过往的地址
你的气息，你短促的玫瑰色的足迹
你遇见的神灵，你失去的一块手心的磁铁

从栅栏中奔出的羊群想到哪里去

从栅栏中奔出的羊群想到哪里去
它们面临着选择。黎明前夕
我站在一座村庄的栅栏前，看见了
一群即将奔出栅栏的羊群。先是看见了
它们的头颅、眼睛……
那一双双缠绵又野性的眼睛
让我感到不安，就像吃了太多的盐让我
变得口渴；就像编织中因为一根线的错乱
让我得从头开始；就像风景太美太美
我再无力去远征他乡。从栅栏中奔出的羊群们
想到哪里去？除了自由，它们将等待什么样的命运
一群羊终于奔出了栅栏，它们以快疾的速度
像人一样奔出了自己的炼狱
像鸟一样钻出了巢穴。一群羊，奔出了栅栏
我想着那片雨后肥沃的山区牧场
我想着站在岩石上它们与一匹匹狼的对峙
我想着那些屠宰场上溅起的血腥味

我想着一个牧羊人和他的孤寂自由的生涯
我想着一个人建筑的炼狱和天堂的距离
我想着山上的桃花给多少人带来了庆典
我想着奔出栅栏的羊群们的命运
我想着母亲的高龄和她手杖下的一束束明亮

解开绳索以后

解开绳索以后

雨季已降临，从天空中落下来的雨

顺着发丝往下滑动，顺着向日葵秆往下流动

解开绳索以后

监狱的门打开了

在辽阔的星宿中有一双眼睛看着你

在飞翔的鸟语声中突然传来了云朵的消息

解开绳索以后

天地间只相隔一层薄雾

一个妇女正站在庄稼地里弯腰摘下枝上的豌豆

一个男人正数落着自己曾历险过的传奇生涯

解开绳索以后

谛听吧，谛听吧

一道古老车辙留下的痕迹已被金黄色落英彻底覆盖

一口水井栏杆上长满了青苔，一个女人穿着绣花鞋过来了

解开绳索以后

阳光照亮了每一粒灰尘的意识形态它正在飘忽着

成群的黑蚁们在暴雨来临前夕正悲壮地迁徙着

一只黑色的蝙蝠侠有多少魔力

一只黑色的蝙蝠侠有多少魔力

在她灭灯就寝以后，就梦见了一只黑色的蝙蝠侠

它不是电影中的那个蝙蝠侠

它来自幻想中移动云朵的那个蝙蝠侠

它来自深沉的黑暗，造物主赐予它肉身的激荡

它来自蓝色的视野，野马曾奔腾而去的大地之上

一只黑色的蝙蝠侠，是她今夜赴约的精灵

她蹚过了一条看不到尽头的河流

她看见了几个夜行人高低起伏不平的肩膀

她听见了那只黑色的蝙蝠侠扑腾着翅膀

她已抵达梦境中约定的地点

在她走完一座村庄以后，是一片荒草起伏的山冈

她屏住了呼吸，朝天宇间移动着自己的影子

此时此际，她屏住了呼吸，截断了生命中的纽带

黑暗中她仰起了头，一只黑色的蝙蝠侠

近在咫尺，却远在一座房屋之外

中间相隔闹钟、钢琴、家谱、晒衣绳、厨房露台

近在咫尺，却远在一片湖泊之外
中间相隔苇草、鸟巢、船帆、沼泽、碧波漪涟
近在咫尺，却远在一个男人女人的背影之外
中间相隔阴柔的月色金色的阳光
近在咫尺，一只黑色的蝙蝠侠在她头顶盘旋着
恍惚中她伸展手臂触碰的是它的翅膀
然而她触碰到的只是一种闪电般的短暂
天亮以后，荒野依旧挟持她的身体
而那只黑色的蝙蝠侠再不见踪影

筑屋记

要从山那边移来石头，啊，坚硬的石头
要选择石匠们从岩石上剥离下来的一块块石头
我们为何需要一块块坚硬的石头
每一块剥离而下的石头，都有自己的纹路
当你屈膝，细看一块石头的原形
一片草木的枯荣，使一滴水变成了镜面
一个女人的绽放凋亡，使月光皎洁如轮
从山那边移来了坚硬的石头，筑造着
一个玄幻者的家园。再从尘埃中移来泥土
移来飘忽着麦秸草、番茄、鸟粪的泥土
再从森林中移来黑檀木，再移来钢筋水泥
再移来燕语，移来书籍中的咒语
再移来光，为了让阳光移植在石头尘埃之间
我们祈祷着，从因与果中移来了磁铁般的阳光
再移来月光……为了让月光照耀着黑暗
我们祈祷着，从银色河流中移来了皎洁的月光
最后，我们要移来一架架书籍中的灵魂

还要移来我们的衣架、废弃不用的弓箭
还要移来让仓鼠们朝思暮想的洞穴
还要移来亲眷和朋友们的影子
还要移来从朝至暮，再从暮至朝的祈祷

那值得你瞩目而雀跃而起的

那值得你瞩目而雀跃而起的
是手推车运到荒野上的煤渣变成了磁铁
它正在使一只鸟儿从空中飞旋而下
磁铁架起了新的舞台
一群木偶人突然变成了精灵
那值得你瞩目而雀跃而起的
是你走了很远再回过头看时
你曾经的家园像传说中的
一部小说被风荡开了书页
你疲惫不安的身体正在往回走
你要找回埋在花园中鸟的
尸骨并相信它已轮回而来
那值得你瞩目而雀跃而起的
是你发现了在你前世的死亡中有一个因果
它使你在茫茫人海中坚韧地守候此岸
你微笑着，迎接着那些命运中的人间妖孽
那值得你瞩目而雀跃而起的

是你身体中的灵魂，啊，灵魂

它不是烈日，亦不是清泉、风暴、邮票上的风景

亦不是杀戮以后的赎罪、孤寂的暮日

亦不是悲壮的死亡、满眶的热泪

亦不是告别，远航之中从波涛抵达的岛屿

亦不是死亡，那等待着生的一次涅槃

赤脚蹚过河流的滋味

赤脚蹚过河流的滋味
并不来自脚底摩擦你脚心的卵石
尽管它们光滑的苔绿色使你不再为出生以后的
万桩事而彷徨。其实，彷徨是美妙的
在彷徨中你才会看见从你肩头飞过的青鸟
那只青鸟已经探访过澜沧江岸的苞谷地
一个妇女仰起头，一只青鸟途经了她耳根下的
苞谷地。一个妇女会为山坡上的苞谷地
活下去。一只青鸟会为千万个未探访的
风景活下去。一个赤脚蹚过河流的
女诗人会为她的彷徨而活下去
赤脚蹚过河流的万千滋味
犹如在暴风雨袭来以后
她在旷野中看见了一只迷路的羚羊
她一直喜欢羚羊纵横四野的野性
一只羚羊的野性，是人缺少的
人为什么没有一只羚羊的野性

因为人有图书馆的天穹、房间里温暖的炉火

暴风雨的旷野上出现了一只迷路的羚羊

它竟然有忧伤的眼神、莫名的焦虑和怯懦

赤脚蹚过河流的滋味，使那只迷路的

羚羊重现眼前，暴风雨结束后的旷野

如果你遇上了一只迷路的羚羊

你是否会走到它身边，你的手

曾从洗衣剂的白色泡沫中抽出来

你的手曾抚摸暗痕、刀疤、污垢、葡萄架

你的手是否会抚摸那只羚羊冰凉的脊背

你是否会同那只迷路的羚羊在一起

待到天黑下去，再待到天空布满了星宿

赤脚蹚过河流的滋味，已让你上岸

此刻，恰是暴风雨结束之际

恰好是你上岸以后看见的旷野升起之际

恰好是那只迷路的羚羊呈现在眼前之际

随波逐浪将把我们送到何方

随波逐浪将把我们送到何方
大海离我太远。我生活中的波涛
并非壮观的海洋。黄昏中随手拉开一个抽屉
在书本的某一页找到了一只暗黄色的蝴蝶标本
它之前的生，曾是绚烂的一瞬间
它的死，就像风一样无影无踪
我曾记得是在旅途的一片风语声中看见了
一只金黄色的蝴蝶，是的
那只为生而掠空飞行的蝴蝶
仿佛浑身散发出金子般的色泽
黄金色是尊贵的、稀有的
它的色泽可以带来一场战乱
金黄色的蝴蝶，远离着兀鹫的悲壮和理想
远离着雀鸟飞行的高度
它要生活在旷野在森林地带
它要用短暂的生换取永恒的灿烂
它飞到了露水融化的朝暮之间

飞过了一切世间发明和创造的美景

它落了下来，落在了我手掌中央

将一只蝴蝶带回家的过程

充满了辛酸、杂念与安详，交织一体

而最终我将它带到了藏书阁

而最终我翻开了一本装满了魔咒的书页

而最终它成为了一本收藏间的蝴蝶标本

随波逐浪将我们送到何方

抽屉中的那只蝴蝶标本曾有生有死

在它的薄翼之间我又看见了绚丽而短暂的生

将一只蝴蝶标本带回家的叙事

将一只蝴蝶标本带回家的叙事
先要从一座山冈说起，先要听见风声
先要在风声拂面而来时寻找到鸟语
再从鸟语在半空中飞行的曲线中
看见一群小兽们在山冈上相爱、嬉戏的场景
再从村庄往上走。从一条弯曲的小路中
看见了一小片土壤，盛放着的黄色鸢尾花
再往潮湿的坡地上走，你会遇见更多的
来历不明的精灵们，它们就像你遇见的火焰
在一个个晦暗不明的日子里，奔跑着
你模拟着一只精灵的奔跑
终于使你自己跑上了那座山冈
当灼热的空气中又飘来了
小野兽们皮毛上的味道时
同时也飘来了一只蝴蝶的味道
你在嗅觉中呼吸着。因为你相信
人之呼吸可以鉴别生与死的存在与消亡

顿悟像刀锋上的血清晰地证明一场战争已过去

顿悟就像你挚爱过的黑暗给予你无限的自由

一片令你心慌意乱的树林来到了你眼前

为什么会有那么多的弯枝压着弯枝

为什么会有那么多的巨藤盘绕着巨藤

为什么会有那么多的迷障覆盖着迷障

一只蝴蝶的死亡又为什么被你看见

这个世界被忽略的东西太多太多

为什么你偏偏会看见一只栖在树枝上的

蝴蝶的死亡，它在一秒钟停止了呼吸

你的手、你的心从未如此的柔软

你要将这只死去的蝴蝶标本带回家

你要保存它完美的肢体语言

你要将它带入一生未走完的旅程

你将它藏进了箱子，像你的某个秘密未释的远方

你将它载入了生之火焰的另一个迷途

背后

在一座露台的背后，晒衣绳横穿而过
白色的衬衣没有了泡沫
散发出洁净的香，它即将穿在一个人身上
再现出远方的好运气以及未测量出的曲线
在一本纸质笔记本的背后，是记录者手上的韧劲
她潜藏在暗夜中的舌尖，像盛开了三天的
玫瑰花。她拂开笔记本，像是申诉又像是逃逸
在一个房间的背后，是一把种植者的锄头
它悬挂在墙上，如那些历经了农耕生涯的
镰刀、犁头等铁器们已离开了火
离开了泥土，正逐渐地冰冷并产生着锈迹
在一座火车站的背后，是杂乱的人群
你无法在一瞥之间，鉴别出人群中的
嫌疑人、杀手、教师、琴手
也无法在一瞥间，用你身体中的灵魂
去召唤那些垂死的心灵
在一双手的背后，是看不见的抚摸

风暴来临前夕，你本已经看见了那双手
像内陆一样向外伸展，向潮汐之外伸展
你本已经看见麦浪滚滚的尽头的一双手
最终看见的却是波涛正在平息着另一轮波浪

这模糊的季节模糊了我的眼睛

这模糊的季节模糊了我的眼睛

雨中手推车的幻影已消失。暗淡的房屋一角

书架上那个会唱歌的雀鸟已消失

模糊是一个中性的词根。其实，在一生中

我们多数日子都与这个词根相互厮守

模糊是因为地窖中的麦芽酒正在发酵

模糊是因为满街的人都在雨季打着伞

模糊是因为一个词根像命运中的屏障忽隐忽现

模糊是因为我们太熟悉后不太了解神赋予的东西

越是模糊的时候，心绪就变得稳定

你要守护这些不再为风暴雷电所改变的路线

就像站在峡谷之巅的人，因一生遭遇了

太多的模糊，此刻，想从模糊中逃身

避开那些注定没有答案的问题

你想站在峡谷之巅，陪同那个人

看见一股股清泉奔涌，看见一只鸟的鹅黄色

在这个季节，总有些模糊

潜游于那从峡谷中奔来眼底的泉水

在这个季节，总有些模糊

像晦暗中逾越的勇气迎接着那只鹅黄色的大鸟

羞于谈论自我

羞于谈论自我，因为鹰正在千里之外
澜沧江峡谷的上空，窥探到了一个人的消失
一颗心的沉寂，就是一个人失去的踪迹
那只鹰，以它黑色翅膀的运动
早以捕获到了一个人最终的轨迹
在一块岩石之下，当一朵野花正待绽放
一个人正在岩石下消失
多年后会成为另一块岩石
羞于谈论自我，因为时间正在周游世界
时间在我忏悔之际，已让绿色的向日葵
饱受秋天的恩赐。时间正在我过去的回忆中
替我将书笺邮寄到了前世的旅程
在那黄沙弥漫的宿营地上
时间替我寻找到了另一个我
另一个替身，另一双翅膀
羞于谈论自我，在这片僻壤
我遇见了说出我幻想的神

我遇见了重现我前世的因果
我遇见了替我写下文字的
来自宇宙深处的那个古老的先知

你的焦虑正在缓慢中释怀

你的焦虑正在缓慢中释怀
关于水的焦虑，它自渊源而来
出了峡谷，自有奔向江河大海的能力
当它浸润了嘴唇，也会使
枯萎的草地、残枝变绿
关于语词的焦虑，它自你的血液中而来
并非血液是鲜红的，一个词语
理所当然就应该是鲜红的
来自语词的焦虑，是因为它抵御融入了
那么多的黑暗，直至它吟诵而出
关于命运的焦虑，它自因与果而来
昨天的昨天，你是否在茫茫的时空中
礼赞着你内心的道德
你是否用光明朗照了自己
关于人的焦虑，它自宇宙的另一边而来
人，就是你所看见的
使用四肢探索秘密的使者

人，就是那个能感受

疼痛、羞辱和尊严的使者

关于未知的焦虑，它来自你

张开翅膀的刹那间

你就要离开鸟巢了，你就要飞起来了

你就要离开尘土了，你就要去云端上生活

关于生死的焦虑，它总是来去自由

没有一件事像肉体逾越出子宫时

那般自由。也没有一件事

像灵魂脱离尘土又回到尘土时那般自由

当晦暗的日子结束以后

当晦暗的日子结束以后
衣服变干净了，语言投掷
在电线杆之外的旷野
惊走了一群燕子。我们钻进树篱后
寻找到了突破口，眼前顿时一亮
河流来到了树篱之外，它像一匹丝绸
那样白。它更像我们迷路时
向往的一根浑圆而笔直的树藤
将我们送至云层之上，送至天堂的大门
当晦暗的日子结束以后
耳边嗡乱的那只苍蝇突然消失了
甜蜜的三只蜜蜂来到了窗外
你知道引诱总是来自有翅膀的精灵
尤其是来自几只蜜蜂的翅膀
当它们在你之上不高的天空中彼此穿梭
你听见了细小的旋律，宛如叩见了
山涧中几滴晶体状的树叶，那些树叶的绿

让你忽略了忧伤。哦，忧伤

当晦暗的日子结束以后

跟随窗外的三只蜜蜂远行的一个梦

从你曾经冰凉似水的脊骨上开始升起

哦，忧伤，曾经在你的脊骨上滑行

它曾经使你坠入漆黑的峡谷

而如今，三只窗外的蜜蜂正携带你

曾经冰凉似水的脊背

抵达三只蜜蜂周游世界的梦想

赎罪

总要面对来自黑暗中的一个词
它剥离了你生活了多少年的空间
看吧，出生以后的时间，是从剪断脐带时
开始的。啼哭，是从看见幽灵时开始的
痛梦，是从看见刀锋时开始的
幻想，是从看见沼泽地上
腾空而起的天鹅时开始的
茫无边际的雨，使旅途滞留于某间房屋
滞留于水龙头上生锈的标记
看吧，麦浪滚滚，是为了迎接谁的降临
那走在麦浪滚滚中的人是神还是另一个人
那手握镰刀的人是幽灵还是另一个人
那割伤了肉体的人是灵魂还是另一个人
总要面对来自黑暗中的一个词
细语声中我们曾经一次次地搏击
并战胜了内心的黑暗
曾记得那些如蜘蛛网状的

黑暗，布满了眼眶

乃至于树上晃动的苹果枝

也是黑暗礼赞中的一些圣果

乃至于你我相遇以后又不得不告别

乃至于世间的河流

洗不尽我们身体中的万顷泥沙

总要面对来自黑暗中的一个词

它是词根吗？它缔结了

眼眶中永不枯竭的水源地吗

它是秋风吗？它呼啸过了

万卷书扑灭了死去的火焰了吗

它是道德吗？它熔炼了

我们敞开心扉以后的咒语了吗

它是铭文吗？它镌刻下的

灵魂是否已随风而永逝

顿悟

醒来时，雨滴声仍在树叶上滑动

犹如一只蚕在绿色的桑叶上移动着白色的丝线

三十多年以前，我曾钻进农艺师母亲的养蚕室

三十多年以前，我有一双明亮的大眼睛

我的身体上没有伤疤，没有承受过剧痛

看那些栖居于竹篱笆上的蚕

朝着绿色的桑叶移动，移动

桑叶是它们咀嚼的食物，世间唯一的食物

一只只蠕动中的春蚕，春蚕每日变幻

直到它们钻进了一只只白色的蚕蛹

直到它们吐完了最后一根雪白的丝线

直到我又度过了三十多年从此岸到彼岸的路

直到一滴雨水在窗外的树叶上滑动

活下去，用轻柔的力量活下去

就像一滴雨水潜伏于一片树叶而活下去

就像三十多年前那一只只雪白的春蚕秋蚕

吐着白色的细丝线，钻进了一个雪白的世界

完全地沉醉，游离于那个看不见黑暗的深处
彻底地编织自己的居所，再永久地安眠

论秘密

秘密是从时间中生长出来的
就像初恋，那是所有恋情中
最隐晦的一种天气
只要你想起自己的初恋
就会想起穿着鹅黄色的衣裤
穿过神与鬼魂穿梭的某一座小镇的街巷
伸出纤细的手指，站在另一个人面前
微微地仰起头来。他吻过你了吗
其实，他比你更忐忑，比你更迷乱
接下来，你和他就朝着两条不同的路线走去
你和他注定没有未来
这是一个没有未来但充满悬念的秘密
多少年过去了，多少年已经过去了
这阴晦中的初恋成为一个秘密
所谓秘密，它需要酿造的一些泥土
以此让被忽略中的一片荫地得到光束的照耀
同时也需要黑暗的通道

让秘密有诉说、潜游的潺潺细流的润泽

当我说到秘密这个词语时

仿佛，一只蝉的声音是透明的

尽管它的身体早已隐藏在叶脉生长中

但我倾听到的蝉鸣是透明的

因为那个秘密已经在抽屉中修隐了许多年

因为那个秘密已经在车辙中被密封了许多年

因为那个秘密已经在尘埃中变成了一粒灰尘

秘密是不可以言说的

但它令人喜悦的妙力来自潜藏秘密的

一个人和它所经历的时间

秘密可以生，亦可以死

当秘密正待生长时，你可以透过手指的骨节

就能暗访一个秘密与你同相守的枝蔓

在那一根根看不见行踪的枝蔓之下

是你的枕头、书屋、四季的气息

当秘密已枯萎，你同样需要手指的力量

去收拾干净在你身前身后的残枝

它们再无气息，能量伴随你历尽繁华和沧桑

那值得一笑的

那值得一笑的，是暗晦中一根雪白的羽毛
在抖落床单的一些微尘中，不经意地
飘来了。它的飘忽感使你未确定的旅途
仿佛有了一座古老四合院的天井
你看上去终于有了一些喜悦
因为你看到了辗转中的
身体有了飘逸后的栖息
羽毛是雪白的，是从某一只鸟身上落下来的
生为人，你想象着自己的某根毛发
落下来又被风吹拂，你笑了
那值得你一笑的，自然是那根毛发的
自由或轻盈。那值得你一笑的
是天气突然变晴朗了
你洗干净了胶鞋上的泥浆
尽管泥浆让你想起了脚陷泥沼的时刻
脚从泥沼中奋力拔出的时刻
你不可能让所有关于泥沼的记忆留下来

就像你不可能将所有穿过的脏衣服留下来

浣洗吧，那值得一笑的

是世上的阴晦天气之后，你可以看到窗外的

敌人已经放下了毒气弥漫的剑术

那值得一笑的，是你遇上了

生命中又一个好天气

生为人，你该好好享受

当山坡上的某一棵向日葵暗自生长

当山坡上的某一棵向日葵暗自生长

她已经过了那条湍急的河流

前方仍有穿不透的另一片雾障

一条小青蛇将舌尖收回去继续游走着草地沟渠

她找到了一座旅馆住下。在过道上

看见另外几个陌生人手拉着拉杆箱

细小的胶轮滑过地面，使她感悟着

一棵向日葵远在山冈孤寂中生长时

作为人的现实和繁琐。她走过了与陌生人

擦肩而过的时刻，啊，刹那间的

光阴，都虚掷于莫名而交错的时空中

她想象着山冈上那棵向日葵的生长

她想象着当向日葵越来越变金黄色时

她虚掷过的某一段光阴中只剩下了

一棵向日葵最后的摇曳，就像她在暗自生长

忽略了那些锋刃上的锈迹弥漫

忽略了死神一次次召唤

忽略了一夜春风之后，她旅途上的一场泥石流

要怎样了解悲哀或喜悦之间的距离

要怎样了解悲哀或喜悦之间的距离

天亮了，悲哀是短暂的

要借助一线初露的霞光

你的心底为之一颤后

床铺已变得整洁，牙具已够干净

万物都扑向清新的空气，在树篱之中

你绝对看不到尸骨，看不到虫蚀空的粮袋

当垂下眼帘，尘埃中有一颗红色的纽扣

人身上不经意落下的纽扣

一颗金属纽扣将注定埋葬在瓜田里

你确实无法在悲哀和喜悦间找到同一座桥梁

但事实上，悲哀和喜悦都在桥梁下的水流中

随同季节变换着色泽。那一天

某人站在河岸目送着远方的影子

河流的水波撞击着她的脊背

她快要眩晕过去了，然而，她过了桥

找到了自己回家的路。喜悦开始漫过了面颊

那一天，某人被黑暗纠缠

她仰起头，美丽的下巴在微颤

一片海洋终于撞击出了波涛

一片荒野终于等来了风暴

在悲哀和喜悦之间，你忽而是奴隶

忽而又变成了天使

那一天，某人被驱逐到无人区的荒原

她已经准备好了赴死

她已经作好了告别人世的铭文

她的命悬在一根草棵尖上

她的呼吸悬在下一次的心跳中

她的命不再有来来往往的时间

突然，她醒来了，她醒来了

房门外传来了脚步声，浴室中有人洗澡

厨房中有人在烹饪一个红色西红柿的味道

她下了床，拉开衣柜

在悲哀和喜悦之间，只相隔一道墙壁

她越过了墙壁，到了另一边

另一边，就是大海撞击出的

波涛已经来到了陆地

另一边，就是浩荡的荒原

它已经在风暴以后沉寂

爱，应该是一根苇草

爱，应该是一根苇草
只有那根纤细的苇草可以救命
所以，我开始出家门
满地砾石之下有黄金、泥沼
看不到底的地下岩层
我出了家门，还要下台阶
哦，尽管如此，漪涟已经过来了
那些犹如鸟儿图腾穿透的帷幕升起又落下
我知道，喜欢黄金的人们已经出了远门
喜欢泥沼的人们已经出了远门
在这个世界上，众生们都在创造游戏
我知道，我自己的游戏
应该是那片有水域的银白色世界
我爱你，应该先爱上了那根苇草
倘若有爱，应该先去爱上那一根苇草
哦，一根被全世界所忽略忘却的苇草
竟然是歌喉，它的摇曳声令人心碎

在它之外，那些带着魂灵行走奔跑的人

在前世消失了，在今世又回来了

他们回来了，想寻找到前世的一块黄金

想蹚过前世的一片泥沼

当然还想找到前世的情人

纤细的一根根苇草在水岸边摇曳

爱，如呼吸，生而为人

我们要呼吸到角落中一只坛子的味道

也要呼吸到男人女人从皮肤中透出的味道

爱，如苇草，它总是在你看见或看不见的

世界上那些长出草的或长不出草的旷野

世界上那些结果的或不结果的树枝上

摇曳，带着白色的液体

带着这个我们身临其境的黑暗

以及我们的原罪

悄声说，爱我吧，让我爱你吧

旷野

旷野是黑色的，犹如刚洗干净后
头发丝下的黑色，其淡淡的香味
使你开始迷乱。我们曾为一只苹果
浑身红透而不知所措
也曾经在墨镜下伪装着自己的悲哀
旷野如黑发，犹如一个女人洗干净的长发
那些从发根下散发出来的
令人迷乱的香气，使你会在旷野上
遇到了一只独角兽。我喜欢写下那些
复杂的诗句，因为只有饱含热泪的眼睛
是解不透的谜底。我喜欢洗干净头发时
再去访问一座旷野，只有当我是一个人的
渺茫时，我才会遇到旷野上的
那只比我更寂寞的独角兽
只有当我的长发被风吹干时
我才能与那只独角兽在旷野上相遇
旷野是黑色的，是一个女人洗干净的

发丝下毗邻的黑色，那波浪般的黑

也是长夜深处旷野中野草的那种黑色

旷野永远是黑色的，纵使它长出了那么多的

花朵，征服了那么多的美学

但它最终是黑色的，一个女人头发的黑

一部来自女人的头发丝下

让人迷乱的黑，足可以使一只独角兽身体跃起

阴晦的天气中来了一束莫名的光亮

阴晦的天气中来了一束莫名的光亮
就像红河东岸的村庄出世的咒语
半山腰上居住着身穿黑色布衣的人们
在妇女生孩子时，半山腰的石头上
出现了一个女祭祀，看不出她的年龄
也许她是一朵从竹篱笆中绽放的花朵
因为她走上山坡时从仰起的锁骨上荡来了
一朵向日葵的味道。也许她是一朵凋谢的花
一朵曾经被尘埃覆盖的香气，就像雨后村庄
那些抱着酒坛唱着咒语的人们怀念的神
半山腰的红河东岸，女祭祀正祈祷着
在阴晦的天气中来了一束莫名的光亮
我在半山腰下的尘世间行走着
我想走到半山腰的村庄去
我想成为那个女祭祀咒语中的咒语

啊，萎靡

啊，萎靡。我发现一本书
无法再读下去。倘若一朵花已死去
所有的人们都不再关心
一朵花曾经的绚丽
啊，萎靡。我发现一个梦
无法再造另一个梦。倘若那个梦已死去
我的心已死去，造梦者已死去

活下来吧，雨季那么浓郁

活下来吧，雨季那么浓郁
书桌上，古老的闹钟从圆形的光轮中
继续着为一个人的时间
公之于众那朵秘密之花的转世
活下来吧，雨季那么浓郁
我正等候一场大雨，飘过发际
我想到一个我喜欢的地方去
我想躺在大雨中，最好躺在麦地里
让我在人群中消失三天三夜
或许还会稍长的日子
我在麦地里躺下去，躺下去
一个农人走过来了，因为麦子已成熟
我听见了农人正使用他的镰刀
镰刀上没有镰迹，我听见镰刀离我已很近
就像盗劫麦粒的雀鸟离我已经很近
就像秋瑟中穿着黑袍漫游的神离我已经很近

该去赴约了

该去赴约了，站在岩石林立间
一双手伸过来，可以触痛脚趾以上的
区域。岩石间也会站出一棵树
也会长出成片的树。站在树冠下
看一条蛇从我脚趾下那片青灰色的岩石
爬过去了，它要爬到岩缝中去
爬到它的洞穴中去参加家族的议事活动
我站在岩石上遇到了一双手
它触痛了我的神经，但给予了我说不出的爱
该去赴约了，割草机轰鸣着
催促我出发。我惦念着曾经给予我
黑色咒语的女祭祀，她是否已经织完了
从院子东边到西边的一架纺织机上的线
她是否已经织完了那匹布
她是否已经织完了最后一根像火焰一样
燃烧的线？她是否已经织完了
村庄里那根像水一样流动的线

她是否已经织完了像黑暗般

缠绕她的那根线？她是否已经织完了

在她手指中的一根像咒语般遥远的线

该去赴约了，在最忧郁的日子里

最想坐在空旷的树林中

找到通往那片岩石林立的峡谷

找到通往女祭祀村庄的那条小路

岩石中伸出的一双手，是从千万年的

岩石中长出来的，它触痛我神经

是为了让我变成另一块岩石

村庄里的女祭祀手中的纺织机

永远永远编织着一根没有尽头的线

是为了让她的咒语永永远远在天空中回荡

世界足可以容下你的苍茫

世界足可以容下你的苍茫

因而，水来到干裂的唇边

分外的甜香。野生灌木丛中入睡的那个人

醒来时就看见了一朵花和另一朵花的缠绕

从一条路走下去，妖邪已为你让路

雷雨过后的卧室毗连着看不到边际的海洋

除了山丘、沟壑、峡谷、雪山

从低处的热浪上升到海拔中的冰川

我这一生，会死于一朵浪花

死于书桌上未写出诗句中的咒语

死于灯盏辉映时，咀嚼着槟榔的黑

死于四肢间被一只蜜蜂所噬痛的甜蜜

死于从澜沧江到红河沿岸与一只黑麋鹿的相遇

世界足可以容下你的苍茫

省下的口粮要去喂养梨树上的那只孤鸟

省下的水要带着它去寻找另一片枯萎的花纹

省下的花衣服要留给身藏阳光的仙女穿

省下来的文字要交付给峡谷中一只羚羊去穿越

世界足可以容下你的苍茫

背着一桶水上路吧，无论相隔天涯

一眼古老的水井和一个带着种子的人

都会替我隐去身形，隐去身体上的符号

就像一根魔杖之下，死去的人有了翅膀

她一低头，就被旷野里的麦浪湮没在麦浪尽头

她一仰头，就被天空中的云朵放逐到另一片云海

书房

书房，是我的墓地
我将在这里写下最后的墓志铭
写下那些摇曳着蓝色鸢尾花的山坡
写下那些握住我手时陪我看闪电即逝的人
写下满口的谎言虚拟出的另一条镶着银光的小路

岩石上疯狂的时间

岩石上疯狂的时间

是几世纪前的一个女先知内心的火

火焰留下了裙裾上散开的花纹

她的前世，从羊皮纸的皱褶中伸展而来

在她的一口气中，吐露出了

冰凉的夜晚，一棵树分娩时的琼浆

水深过了她的膝头、软肋

深过了她舌头下唤醒的长夜

疯狂的时间，就像她眼眶中无法抵达的

黎明，两条河流赴约后架起的桥梁

啊，蝙蝠，蓝色的蝙蝠在她臂弯中

飞出了几千米外的天空

岩石上疯狂的时间，已不再是火焰

已不再为那个女先知而照亮黑暗

她把冰凉的灰烬送到了遥远的天堂

她在遁世之前已亲手织完了最后一件袍衣

她在游历完山川以后找到了最后的一块岩石

火焰，像青黛色的一匹花布
覆盖了她的肉身。只有曾经疯狂的时间
带着我，带着一只转世回来的蝴蝶
带着那些折断翼体中的香气
带着一只魔箱和另一个女先知的泪光闪烁
在此驻留，想就此躺下去
与那个女先知嘴唇边的一缕缕气息相遇
于是，我背来了盐水、谷米、柴火
还背来了一座可以移植的书房
就这样，奇迹出现了
天空蓝得就像童话，就像从一本童话书中
跑出来的云朵，还有一座蘑菇小屋
就这样，奇迹出现了
在岩石上疯狂的时间中
她来了，我突然感受到了火焰升腾
我想到了另一个词语中关于时间的涅槃

天籁

从你揉搓衣服的
洗衣板开始的肥皂泡沫中涌出来的
另一股山涧。当它涌来时
你抖落着手指中的白色泡沫
泡沫中有从身体中剥离的一根毛发
有从床单上弹出的一根萎靡的线头
有你白色衬衣上的一团污垢
你看见了山涧,它来到了屋顶花园
来到了那道干枯的夹缝冲洗出了
另一团泡沫。你抖落着手上的泡沫
弯着身,像蛇一样盘桓着
身体的姿态,你够到山涧水了吗
你够到山涧水洗干净的刀锋了吗
你够到身体躺在山涧水边时看到的仙桃了吗
你晒好了衣服,泡沫已被山涧水带走了
你晒好了衣服,站在露台上
看对面的露台上一个少年正手捧着一只白鸽

少年穿着蓝色的衣服

少年嘀咕道：如果你想飞就飞吧

愚蠢

要有多少力量

才能改变自己的愚蠢。花开了

每一朵花，都有容貌，哪怕在世间

仅活三天，它们已经绚丽过了

剪着手指甲的人，通常是在午后的

闲暇时间中。指甲刀是冰冷的

所有铁或金属都经历了火的熔炼后

变冰冷了。手指很柔软，指甲像枝条般

生长时，时间又过去了。心中的念想

过去了。蚂蚁占据的山穴

像一座堡垒，被树叶尘土覆盖着

要有多少力量，才能改变自己的愚蠢

漩涡中有泥沙，你看不到底

你看不到底的还有五公里以外

鸽子是否死于雷霆，水是否死于干旱

语言是否死于沉默，鹤是否死于爱情

要怎样才能改变自己的愚蠢

你伪装着自己时亦在出卖自己的灵魂

要有多少力量，才能从沉沙中看到金子

要有多少力量，才能从锋刃上看到鲜血梅花

今天，她复述着诗歌的翼翅

今天，她复述着诗歌的翼翅

她引领着一盆清凉的水

她曾经是火焰的身体，像树枝上

一场暴雨之后蕴藏的水

她引领着那些死去的名字

她曾经深深地爱恋过那些孤独的名字

在他们写下的墓志铭中她写下了

属于她自己的关于玫瑰的另一篇墓志铭

要让暴雨过后的水干枯是不可能的

因为水已经沿叶脉回到了树根之下

要让那些孤独的名字死去是不可能的

因为他们已经将生前的故事编成了神话

要让一朵玫瑰花永远地凋亡是不可能的

因为香气时时刻刻都在萦绕她战栗的嘴唇

你战栗着隐瞒了真相

你战栗着隐瞒了真相

在一把锄头下面，只有一颗像纽扣大

像葡萄浑圆的石头出世，他们称它为金子

他们为这逐渐蜕变为金黄色的石头

寻求着鉴证人时，雨来临了

雨中的沟渠中漂荡着一股来历不明的水

那银亮的水可以魔变为银子吗

你无法说出真相，就像无法说出

从锄头下出世的石头

是否就是传说中的金子

就像无法预测沟渠中的水

明天是否会魔幻为银器

你战栗着嘴唇隐瞒着真相

并用锄头继续松开泥土

每松开一层泥土，太阳就会移动一寸

它移走了阴晦，每移动一寸你就会撒下

一粒种子。神告诉你说

那埋在泥土中的一粒粒种子

是一碗米，是一只青果，是瓜藤们

攀援上升的枝架，是色与空的天下

你战栗着嘴唇隐瞒着真相

那锄头下出世的石头已鉴别出是金子

它是神赋予你的另一束灯光

那沟渠中的水终于魔变成了银器

它是神赋予你胸前的乐器

质疑者

她质疑那天空中过来的一朵云
是紫色的。因此，她嘘了一口气
开始修枝，云过来了，酷似她的经历
在无底的深渊中她爱上的事物
都是无常变幻万端的客体
因此，需要用尽一生去探究紫色的密室
她在此培植、耕耘
在坛子里酿制自我的意识
直到那些标志着黑暗的梦境
帮助她一次次地从死亡中找回了鞋子
那双高跟鞋或旅游鞋底之下
往往在一条充满泥沼的路上
不过，她习惯了那些悲壮的时刻
义无反顾地蹚过泥沼开始往前走
她是生活的质疑者，当她叩问迷惑时
犹如面对一堆满身长满黄斑色的锈铁
一列绿皮火车在轰鸣声中过去了

一个身背铁器的男人在旧时代中完成了使命
一个老祖母的咒语轮回出了一群花色绚丽的蝴蝶
一个女诗人的脊背上飘满了紫色的落英
一个质疑者的她终身将负载一条河流的漩涡

番茄红了

番茄红了，从外形看
它已经从里到外都红了
是的，番茄红了
别怕，在这个混沌的世界里
我们要学会游泳。首先，别害怕外面的风
风替代了刀锋，它要帮助你的手
剥离那些老去的树皮，剥离掉绳索下
肉体的黑暗。其次，风是温柔的
风替代了水，替代了你沉默的嘴唇
在风的絮语中，白花花的棉絮编织好了
别害怕雷霆，当它来时，番茄在后院中
长势正旺，枝头压着枝头，果肉青涩
像少女的唇味。雷霆从不跟你商量
眼见一片灰黑色的云满载着一艘大船
之后，雷霆突如其来
哦，你的缝衣针扎伤了你的手指
一点血液从针尖下涌出

你感受到了心惊肉跳，仿佛鬼故事

拉开了层层帷幕。你正好可以观戏

不过，雷霆像哈欠一样过去了

番茄红了，在后院中，你走过去

蝴蝶飞来了，你是蝴蝶的化身吗

蝴蝶栖在了最饱满的那个番茄上

语词是多余的，缝纫机是多余的

核武器是多余的，克隆人是多余的

番茄红了，在这个混沌的世界里

请忘掉你的身份，潜心研究一个番茄的

味道。在它从里到外的红色中

请别再害怕身边周转不息的人妖

在这个混沌的世界里，后院中的番茄枝头

垂吊着浑身红透的番茄

你恰好是它们的主人

空气中突然没有了男女性别的芥蒂

手指间不再捏着那份比绳索更无聊的契约

婉转的话语间飘忽着风或雷霆

番茄红了，是的，后院中的番茄红了

彷徨者自有歌唱黑暗的理由

彷徨者自有歌唱黑暗的理由
天黑下来了，麦田中的守望者
伸出手臂抓到了俘虏。柔软的低语
压弯了枝头。阳光呈现出金色
那些熔炼术中的幽灵者正跳着舞、唱着歌

作为一个人

作为一个人，我巧妙中又步入了
原始森林。给我从树叶中滑落的
一滴水吧！你知道的，只需一滴水
一个从绝境夹缝中走出来的人
就会拒绝死亡。哪怕我的履历书中
已被分行的诗句宣判为囚徒
而我分明已仰起头来，一滴水
治愈了咽炎。甚至使我的牛仔裤
挂满了许多灌木丛中又细又长的刺楪
活着，要活出什么样的滋味
你早该知道，活下来注定要讲述自己的故事
除了穿越丛林时，牛仔裤挂满了刺楪
你还有什么细节要告诉他们
你还要讲述你的帽子，在褐色帽檐上面
有多少朵云涌到了树冠之上变幻着形状
云层中除了蓝白色之外
是否已孕育着紫红色的云彩

好吧，就让我活下来后

陪同那些林子里的精灵们到更远的时间中去

寻找栖息地。我的故事尽管已太古老

却才揭开序幕，为此，请你擦干净耳朵

聆听中忽而有呼啸，它们是世间的野兽

哦，别害怕野兽，只要你不带着猎枪

每一种巨兽的皮毛都形同云图中的斑纹

而每一头小野兽，足可以让我看见自己的

另一种幻影。幻影中的我

举起四肢再落地，再伸展四肢屈膝

在一片铺满落叶的树藤之下

每一头小野兽都形同我的秘密伴侣

它们除伴我的怯懦和黑暗中身份不明的脸

使它忽而黯然，忽而又明亮如树篱上的光影

为什么人会厌倦灰

黄昏快得很，转眼间
茶杯就看不见曲线了
为什么人会厌倦灰，而喜欢苹果
从门缝中就可以窥伺一个人的处境
母亲一生都不喜欢开灯，她怕浪费电
电流是从发电厂来的
是从澜沧江的流水中
上岸的，她知道黑暗是无须交费的
黑暗亦是无价的。而我喜欢开灯
因为只有待在灯光中
我才能够得到书柜里的
某本书，我才能顺着灯光找到楼梯
我才能将荒野与房间的距离看见
在这一点上母亲比我更强大
她尽可以坐在黑暗中与此厮守
而我只是黑暗中的碎片，只有坐在灯盏下
我才看得清妖怪的影子

我的色彩已足够涂鸦

我的色彩已足够涂鸦

这屋子里的一团黑。瞧吧

它那羽毛似的黑，斑斑点点

可以掩饰我的慌乱。还是要索取一点点蓝

那些隶属于水的颜色，如果来到房间里

是否会给我带来一条独龙江

独龙江离我很远。如果闭上眼睛仿佛

就抚摸着岩石，顺着尘土而上

遇上融不化的雪，一场场泥石流

再遇上岩石上雪豹走过的痕迹

如果闭上眼睛，我已经来到了峡谷之上

从上而下没有台阶，没有人走过的路

只有独龙江的蓝，天啊

闭上眼睛看见的蓝

已经使玻璃窗敞开了

已经使一杯热咖啡变凉了

已经让我死去又活过来了

让我们屏住呼吸吧

要省略一片树叶上被夜湮灭的痕迹

现在，让我们屏住呼吸吧

如果一片树叶呈现出了黑夜中的一座宫殿

你还需要一盏灯，你还需要再屏住呼吸

树叶上住着我们的祖先

哦，那双古老而明亮的

眼睛中居住着一条江的源头

如果你彷徨不安

就必定会成为我的幻影

如果你心怀锦绣

就必定会成为宫殿中的王

如果你牵到了我的手

我必定会陪你去种植麦穗

如果你走在我前面

就是我寻找到的一位先知

外星人还未到达那片麦地

外面有收割麦子的声音
趁着我还未彻底老去
现在，我开始收拾行装
外星人还未到达那片麦地
于是，从窗子的缝隙中传来了
用镰刀割下麦子的咔嚓声
这声音下隐约中有甜甜的麦香味
啊，麦子成熟了，麦子成熟了
意味着进山的路上铺满了银杏树的黄
意味着那个像母腹般隆起的山冈
有人正在摘豌豆，意味着多少年前
给我写信的青年人的忧伤已被风吹散
现在，我开始收拾行装
列车早已加速，这是我厌倦的速度
我该怎样像那片麦地一样慢下来
尽管麦子已经成熟了
我该放弃火车站的票

我该放弃卧室中闹钟的声音

我该放弃人一生中或隐或现的虚荣

我该放弃墙壁内外潜伏的战乱

我要从镰刀的咔嚓声下倒地的

麦穗中走出一条小路

再走出一条通往银杏树叶黄的小路

而且，我会走到那座山冈上去摘绿色的豌豆

尽管给我写信的青年人的忧伤已在风中消散

要怎样才算热爱这个时代

要怎样才算热爱这个时代
先是给闹钟上了发条，这说明我愿意
就此在栅栏中，像羊一样蜷缩
像风一样进屋，无影无形
要怎样才能成为一个人
先是回到脱离母胎的那盆水中去
水洗干净了我肉身上的胎血，水给了我
尘土。我见到了蝴蝶在我头顶上飞

我的触觉又回到了荒野

睡觉吧！在就寝之前
我已经再一次地热爱过露台上的玫瑰
望着夜空，我的触觉又回到了荒野
那些挂在灌木丛上的蓝色鸢尾花
何年何月才可能来到我露台上成为我的
另一个替身。当我躺下去
太远了，那一座座居住着羚羊的峡谷区域
总有一头羚羊在岩石上跳来跳去
它的皮毛曾轻轻地碰到我的膝盖
太远了，那些灰蓝色的夜幕下孤独的羚羊
在我躺下的地方，只有梦替代我
去追逐那头银灰色的羚羊
睡觉吧！隔着夜幕，世界上所有的精灵
都在黑暗中闪烁着光斑，并摇曳着尾巴

默认吧

默认吧，坚韧的或柔软的
荆棘长出来，自由地长出来
是为了让你的肉身感受到疼痛的滋味
一双脚终于走到了小河边
蹭去鞋子，裸露着脚掌心蹚过河流
只有在这一刻，你才知晓走出书房以后
天地间有你看不见或可以看见的精灵
还有那些看见或看不见的幽灵

无题

趁我现在未改变主意

我将为你而留下。窗外刮过的风

敲击着这座旷野间最古老的房屋

该来的人都已经来了

该走的人已经走远了

我们坐了下来。还剩下最后一堆柴火

可以让我们取暖，还剩下最后两个土豆

可以取悦饥饿

辑三

————————

绽放

活着，奋力地活着

活着，奋力地活着
像花瓶中的植物茂密通向房间
回家的第一件事去看玫瑰
插在房间花瓶里的红玫瑰
如果生长在花园会活得更长些
如果生长在荒野山坡的命会更长些
然而，人是多么贪婪啊
自从发明了花瓶的那一天
自从瓷花瓶从火窑出炉
还有金属花瓶、玻璃花瓶
自从花瓶出世的那一天，就意味着
将有那么多的花枝骨朵被折断
人，总要占有那些不属于你的美
占用花朵的美时，花瓶出世了
所有的美都会离人的呼吸很近
我在一个阳光灿烂的上午
从花店中抱回了一个玻璃花瓶

二十多年过去了，从那天开始
每隔五天或六天，我就会
不断地抱束鲜花回家，我学会了
使用剪刀的另一种温柔和锋利
我修剪着玫瑰时，花骨朵未绽放
第二天醒来时，房间里的红玫瑰
在花瓶中开出了第一朵
它们离开了泥土仍然能活着
只要有水就能活着，这是生命的
基本特征。从那天开始
我就要锤炼自己的另一种能力
当第一个花骨朵绽放以后
我将陪着那些玫瑰色慢慢地凋亡
将凋亡的花束从花瓶中取出
总会是一件沮丧的事情，用旧报纸
将残碎的曾经绚烂的花束裹紧
等待它们的只有门外的垃圾桶
再回来收拾发出腥味的花瓶
已经有二十多年了，在书房卧室
还有菩萨面前，都有花瓶
三个花瓶，有不同花朵的名字
菩萨喜欢百合紫罗兰还有秋菊
书房喜欢玫瑰和康乃馨向日葵

……增加了花瓶，有了凋亡和绽放
我像一个阴影出入在花瓶之间
当花朵凋亡时，我是一个埋葬者
当花朵绽放时，我是一个喜庆者
在两者之间，我的哀歌
顺着花骨朵的衰亡蜕变着
直到那新的花束来到我怀抱
我瞬间的笑啊，多么明媚

去寻找破土发芽的地方

衣服总是要旧的，守望身体者
都喜欢以新的光影潜入我身体
我身体的隐患像白色的衣架
装在衣柜中不需要被人看见
我穿着衣服在这个世界上
不分昼夜地奔忙
我带着书籍走着
比扁舟更小的羊肠小道
我也会带着良心
感受四野的心慌意乱
我带着身体经历着
十月最后两天的旋转
白天都有夜晚站在赤裸裸的浴室
只有在夜里宽衣解带
赢得一阵阵水蒸气
衣服用于遮饰
犹如开辟一片原始森林

衣服旧了像旧家具中飞过的虫蛾

这时候，我将衣服

折叠，如同一只野鹤

从荒芜的荒野上腾空而起

那件比翅膀大的

旧衣服像出世的野鹤

腾空而起，去寻找破土发芽的地方

腾空而起，必须编织出另一件新装

当它来临时，我结束了悲伤

站起来，去接受这新生的礼物

用生死来感知语言的海洋

站在露台上吹风
这是十月最后的时间
我低下头，这悲伤的一天
仿佛衣扣脱落地上
我弯下腰去捡纽扣
我看见了更多的脱离了树枝的秋叶
我手足间不知所措的一束束光影
我肩膀上的披肩像紫蓝色的飞蝶
这一刻，在露台外的地方
在那些看不见的平原之上的北方
曾经是帝国的
宫殿和车辙下的狂风暴雨
而在我的高原，那垂落而下的纽扣
如同锁链剥离了我肉体的阴郁
我站起来，请给予我更深刻的哀愁
比如，一场大雪突然就覆盖了窗玻璃
比如，一场春光突然让母亲健步如飞

我必须用生死来感知语言的海洋
就像牧童，站在滇西北高岗
如同太阳光轮中的一个红色的歌谣
沿着炊烟深处的山寨回到了老家

这烟尘来得如此之快

这烟尘来得如此之快
正好赶上了我出发的列车
走进车厢，这趟列车将抵达天边
天边很大，足够像鱼一样游戏于河流
天边很大吗？列车外的农夫
独自一人在锄草，我能嗅到锄草的
味道，这说明我的身体是自由的
不被车玻璃屏蔽。列车员的声音
好湿润啊，如同雨后彩虹下的湖泊
人活着，该有多好，可看见锄草时
从古至今的锄器上的锃亮
在亮光中挂着草叶，眼前，一个少女
在车厢中插上了充电器，少女的口红
像从前的凤仙花，可以染红手指
又抵达一个站台，像一部惊悚长篇
写小说的人在幕后述说着人世的无常
少女掏出鹅蛋色的小镜，又补了妆

一个有皮囊和灵魂的自己

忧郁地活着比盛大的快乐

更能持久地寻找到春夏秋冬的自己

一个身体中的自我

一个广袤宇宙间皮囊和灵魂

基于此理由，我又开辟了一片花园

在高于一切的荒野深处

我站在那棵野栗树旁边

它结出的果实是红色的

那微微颤抖的红色其实是沉默的

我伸出双手去抚摸这红色

我伸出双手去捧住这红色

整个秋色都开始了另一场轮回

我是红色的，裙子是红色的

我头发上的光是红色的

这是十月最后一天的红色

是我们已经开始燃烧

火炉煮玉米的红色

在红色的肩膀下我拥有了一片花园
一间自己的房子，一只煮玉米的炉子
一个有皮囊和灵魂的自己

有秋风路过此地

水沸腾时，窗户外有秋风路过此地
恰如我们在昨夜告别过的仪式
城郊外有一条条路可通往乡村
这是鸟喜欢去的地方
我经常走上这条小路
就像母亲织旧毛衣时棒针在穿梭
母亲手中的两根银灰色棒针
曾经穿越了
我十八岁时青春期的长袖
那时候我偷偷地
跑到县城外的麦田去约会
初恋像一杯毒药勾引着我的脚步
我移过一片云站在边缘
麦芒划过细胞中的皮肤
收割麦子的妇女看见的只有麦浪
她们不害怕帝国的风暴呼啸而过
有秋风经过此地

有我消失在地平线上的一部分光阴
我是那个拾到晚霞中一根麦穗的人
我是那个最幸福满足的拾穗者
我手里握着那根麦穗闭上了双眼
我睡了一觉醒来已经是冬天了

只要有树影拂动光影的地方

睁开眼睛，仿佛已百年
我知道百年一世纪
很多鞋子已经不适合自己的脚
慢慢地迁移到我自己的房间
只要有树枝拂动光影的地方
就会让我的眼神明亮
我不再害怕失忆症的缠绕
忘却许多噪音对我来说
就是写作中的天堂
我相信，终有那么一天
只要有树影拂动光影的地方
就是我生命最终抵达的天堂
静悄悄的又一个上午，我渡过了劫难
刚刚又一朵玫瑰绽放中我走出去
我坐在树下看着自己的倒影
松开了双手，这就是天堂的奥秘

只有活在庸俗中你才会知道

只有活在庸俗中你才有力气

写下千山万水的距离

你才能呼吸从家门口到山顶的味道

有暗香浮动，有腐朽幻变

有草莓上晶莹的露水融化

庸俗是我们每个人必须跨进的门槛

只有走进去，你的心才会跳动

你才会在庸俗中寻找到清泉有多深

穹顶离你有多虚无

我们的立足之本

依倚于一个个庸俗的哈欠后

寻找到的一个醒来后的世界

啊，来一场什么样的庸俗

我才会知道教养来自声音

来自你写下的语言，隐形而至的歌声

来自你受难时为春天而祈祷的仪式

人潮汹涌的后面

人潮汹涌的后面有寂静

那是一条灯光幽静的长廊

一个女人沿着这雨水稠密的季节

想走到村庄或者到海边去

当所有的行为付诸旅途时

只想着在网上预订的山顶客栈

那座从野芭蕉树下露面的石头房

本意就是要让穿着长裙的女人走进去

这是一本悬疑书的场景

我就是写书的那个女人

我也是穿着长裙的那个女人

我今天晚上将入住山顶客栈

下一个入住的人是谁

在人潮汹涌的后面

离海洋很远的地方

有一座山顶客栈，如果你预订了

其中的房间，你就会成为

我故事中的另一个人
我们将把钥匙握在手心
将打开迷雾追踪中的一道道大门

唇膏

唇膏，是我的一部分
活下去的色彩
如果新的一天，没有唇膏
我会谢绝一切约会和旅行线路
选择一只唇膏就像是在梦境中
突然发现了你来到了热带雨林
在人生黑暗的外景框里
你如果恰好成为了风景中的一点
那么，恰恰是你的唇膏
使你战胜了黑暗和忧愁
选择一只唇膏就像坚定不移地
相信那只去年的燕子会飞回来
因而，我一直在使用玫瑰红
大红、西瓜红、豆沙红的唇膏
在没有希望和期待的时刻
我站在镜子前涂着唇膏时
镜子后面一个人正看着我

雨中我低下头

我不喜欢打伞，雨中我低下头
发白的牛仔裤溅上了很多泥浆
每一滴泥浆都会问我
为什么站在雨里不走
是啊，我真是一个笑话
为什么要从容淡定地站在雨里
迎接溅射到我衣服上的泥浆
人一生都在发明各种游戏和笑话
我低下头被雨水淋湿了脖颈头发
雨水顺着乳沟往下流
这是三十多年前的往事
我任性地站在大雨中不肯往前走
也不想往回走，直到雨停了
我终于下定了决心回家洗热水澡

十一月

漫无边际的十一月份的雾蓝色

穿过衣袖而来的黄昏

我想起来，买衣服的事又忘记了

随同时光的流逝

我想我会忘却更多的翅膀

是雀鸟也是我双臂上的秋日之光

请你们原谅我加速了遗忘的力量

我甚至忘记了给自己添补一件新装

厌倦像树藤蔓缠住了我的幻觉

但我相信在明天早晨我又会有一个

可以抱在胸前的太阳

我知道太阳有多远

用肉眼能看见的太阳在几里外的甘蔗林

在一个又一个结满了茄子的田野

在一个少年回过身来初恋的脸上

手中正涂上金色图案的不仅仅是太阳

也是金色的面包，红色的木棉花

还有柿子树上也有更年轻的太阳

有时候你像松鼠

不知道你真实的活动区域

有时候你像蛇

穿过了远方的灌木丛

有时候你像纸

来到我书房

有时候你像松鼠

穿越了幽暗的树林

有时候你像河水

溅湿了我岸边的影子

有时候你像蒲公英

被我随风吹走了

有时候你像一盆花

就在我院子里

有时候你像墨迹

覆盖了我的夜晚

有时候你像星空或灯塔

让我冥想和仰望

晚安

晚安，世界动荡不安
我们好好养好花草
管理好粮食果品和水源
看得见太阳升起

瞬间

瞬间成为了永恒史上最为玄幻的
光芒和回忆
除此之外，时间久了
都是废墟
建立在闪电和废墟之上的
都是童话

我望着光芒升起

我望着光芒升起

从地平线升起

满地的黄菊花

具备了所有让我们升起希望的功能

今天的一页要翻过去

从此刻开始

我望着光芒从我内心升起

立冬

此刻，立冬，我要为自己添衣
走到房间里。刚刚，清扫过了
落叶，在以后的日子里
那些披着寒霜而来的人们手中
都有火柴棍划亮黑暗中的瞬间
我将花瓶移向光线，将那朵向日葵
呈现出最灿烂的金黄色边缘
尽管在不知所措中那金色将枯萎
理所当然地，我们要习惯
这样的庆典和告别仪式

人为什么说谎

隐藏是为了更集中地
生活。比如，在观察一棵树的时刻
你必须让树上的鸟儿
看不见你，在鸟儿看不见你时
你可以更仔细地介入一只鸟的天堂
你知道了吧，人为什么说谎
因为害怕别人看见他的存在
世界已经够荒谬
敞开的灵魂和隐形的踪影
都需要活够一棵树的时光

男人

当男人像树皮般粗糙时

女人正在河边洗衣服

女人正在看月亮

女人正在蹚过河里的流沙

女人正在岸边寻找

一条小路回家

这些意象不是我虚构的

而是我经历或看见的

黑夜上升

黑夜将上升

这种无声的力量

给予我们睡眠

当我想靠近枕头边缘时

没有海边的潮汐涌来

枕芯里的是荞麦壳

更让我接近山地的荞麦

那些奔跑在山上的是裙声

它湮灭了我的气喘吁吁

穿裙子的女人们都为荞麦而奔跑

山上飘来了彩虹和祥云

女人们跑过了台阶上的高度

死亡无法形容我们的生

在我苍茫前额上飘过的落叶

像手中的哲学书

像维特根斯坦所言

不可多说地就保持沉默

狡猾的小老鼠

此刻，2023 年 11 月 16 日
再过几小时我将出发
我将随同四个轮子的辗转
去一座小镇。世界上热闹的地方
太多了。这次我们将去小镇
昨天半夜我才收拾行李
后来，我就失眠了，听见了
异样的声音，今晨发现起风了
我打开门，就在那一刻
一只老鼠在我不注意时溜了进来
半小时后我发现了老鼠
在厨房里的痕迹，这些年
我总在研究老鼠，我打开了窗户
关上门，如果它机灵
就请老鼠趁早从窗口逃离吧
我真的不喜欢用粘鼠胶
逃命吧，狡猾的小老鼠

我将去一座小镇

我将去一座小镇，那座小镇

坐落在红河岸边，它的名字叫戛洒

每当我想起戛洒小镇的阳光

大榕树下绣花的一群傣族妇女

红河水从脚下流过

在夏天妇女们大都赤裸着双脚

她们的脚底板很坚硬，能踏着岸边砾石

她们的眼睛温柔像麋鹿

在她们身后是高高的哀牢山

我坐下来，那个竹凳子

让我想起像巨蟒一样粗的竹林

我坐下来听着她们的轻声细语

几只狗狗过来了趴在她们身边

远方的白云

多么安详的光阴啊

我没有时间忧郁和诉说苦厄

你看见过麂子吗

你看见过麂子吗
哀牢山奔跑着灰黑色皮毛的麂子
古往今来，麂子以奔跑的速度
避开了猎人的追杀
但仍然有猎人在森林里布网
捕杀了麂子，并将其肉腌制
我不知道人类为什么要捕杀野生动物
走在森林小路上，踏着厚厚的腐殖叶
我想与麂子相遇，我会告诉它
我不是猎人，身上没任何凶器
我只是女人，我想与麂子
面对面地交流。又走过了一片山林
突然间，我听到了奔跑声
是麂子吗？是麂子在奔跑吧
我屏住呼吸压低了欲出的喊叫
在丛林那边有一头灰黑的动物
看上去不是大灰狼也不是豹子

更不是狐仙，也不是羚羊

哦，刹那间，就不见了那头动物

我想，传说中的麂子跑走了

跑出了猎人的捕杀

跑出了为它祈福的女诗人的视线

我明白了，麂子必须奔跑

这就是命，就像我

必须忍住悲伤，这也是命

向母亲致意

你不必纠结，放下火柴棍

就回到了又一轮阳光普照万物的地方

找针线盒的母亲已经将光移近

她坐窗口读二十一世纪的晚报

她的白发和手杖就是一部分波澜

她的声音和眼神像孩童般纯净

我的母亲，就是一部世界史

你不必纠结，话语权掌握在唇齿间

我要像母亲致意

向她白花花的鬓如霜

向她的手杖走过的世界致意

我必须成熟

我必须成熟

像果实

但我也必须承受凋零和秋风

在茫茫无际的大海面前

我必须忧伤

像你的诗句

穿过我黝黑而升起的天际

天又亮了

天又亮了，门前一片肃静
只有几只小鸟在过道上走来走去
我想起在哀牢山看见过的一只鸟
金色的羽毛，黑色的脚丫
透骨而出的轻盈
这只鸟的名字叫金黄鹂
它在飞翔中
路过了绵绵雾雨的哀牢山
我猜不尽金黄鹂将以飞翔之力
迁往何处，我不知道
除了爱情，这世界还有什么
更浪漫的故事在等待着我
我看见金黄鹂飞走了
我知道最幸福的
就是闪电般的遇见
我整理着衣裙，摘去荆棘
站在有汉语词根的地方

刹那间，又看见了金黄色的翅膀

我想我遇见的是我的双翅

我飞过的地方

看上去并不邈远

却可以栖在书房和屋顶

我收起了这人间翅膀

被烟火呛了一口

我活着，必须接受这人世的熔炼

河边洗澡的女人

她们去河边洗澡
这群从乡村走来的女人
从少女时开始就到河边沐浴
她们站在水岸的白色苇草中
脱光衣服。每个女子的身形
都因为命运和劳作
携带着各种隐形的伤疤
我路过此地，看见了水边的
女人们，我看见的是脊背
是劳作的，被日光照耀的
线条，偶尔，她们转过身来
我看见了丰乳和肥臀
我看见了哺乳过生命的年华
我没有看见哀愁和抑郁
她们看上去忘却了所有痛苦
从水边上岸时
女人们很快钻进了白色的苇草

我看见柔软的苇草在摆动
啊，这些丰饶的肉体
原本就是腹地上的果实和花朵

因为成长

我们原本就带着原罪

作为人，本就是千万里

江山图中的草木

因为成长，我们满身泥浆

走过了很多路，回过头

才发现我们的脚印

是从灌木草丛森林中走出来的

因此，每天早晨

我都在忏悔，以良知为世界

我才知道海水有多蓝

天空有多少白云变幻

一只天鹅为什么成为我

迎来的风景，目送的旅伴

我们为什么沉迷于

自我的身体外面的宇宙

谈论宇宙，总感觉太虚无

在一座山岗上有一个篮球场

那是乡村的青年人投掷篮球的地方
青年人将手中的球
跃起身体投进了篮球筐
身体，是平衡力
悬浮于大地万物的纺织机

早安，吉祥如意

早安，吉祥如意

这句话我每天都自言自语地说出去

我想，露珠正溶化于舌根

听到了我的低语后，露珠挪动位置

在植物园中最终消失

我想，还有我自己的布衣行李箱

也正待出发，翻天覆地的变化

必将让我相信神就在身边

陪伴我的语言和速度

众神就在我身边，菩提树千万次地

向未来日子敞开心扉

我想，远方的佛塔

每天召唤我借火光燃灯

每天晚上都会借星宿度我一梦

早安，吉祥如意

这句话我每天都在自言自语

我是如此幸福

我每天都在遗忘和寻找

我每天花时间陪伴着

周围的植物和飞禽走兽

我每天从早到晚从没有时间恨过任何人

我爱过了自己，也爱过了天底下的灵魂

辑
四

———————

夜
光
漂
移
记

夜光漂移记

1

看不见自己睡着的模样
像白色的羽毛
当我醒着，爱着，旅行着
还有呼吸着
这证明我在活着
用好几种方式活下来
穿上红裙子时
我将腰部的皱褶顺直拉下
更接近这大地漫游的速度下的平衡力
插上新鲜的玫瑰和野百合还有橄榄枝
证明我对于自我情绪盎然的护佑感加强
旁边的人走过去了
他的三轮车拉着钢铁

2

一只孤独的喜鹊来到了小院

它在雨中啄过的那片树叶

已经掉下来几个小时了

我站在窗前，看喜鹊啄食

不知道今天来的喜鹊

是不是昨天的那一只

用什么去区别昨天和今天的喜鹊

用什么来验证这些精灵们的足迹

我的牛仔衣曾穿过哀牢山

只要我去的地方

衣服和靴子都会前往

我们短促的一生啊

像一只喜鹊在啄食

3

我想见你了，你时好时坏的脾气

该写下多少诗，才会让你醒悟

蓝天白云像你一样变幻无穷

4

十月有多少滴雨水啊

从三天以前

雨就像飞蛾轻盈地

从眼帘下经过

像鹅毛笔下画过的毛茸茸的墨迹

在那个半夜雨变大了

我在床前想了片刻

终于明白寒露将至，明天将来

晚安，寒露已逝

世界尽头有燃烧的高原

5

雨中醒来，时间太快了

雨又大起来，听雨声

就像看见雨中的甘蔗林哗啦啦的响声

还有玉米地

山坡上的向日葵早就成熟了

6

寒露，这是我的另一件衣服

也许是旧衣服

我需要从衣柜中寻找秋叶的色

也许是新衣服

在微雨中我散步时落下的露珠

这一天，必须添衣

这是我从内陆之地获得的

另一件衣服

我穿上这件衣服

我要节制，更简约地生活

我要像一首诗歌致意

面对燃烧的火

面对寒露

只有写诗的人

早就缝好了那件衣服

就像我，在橘红色光中

遇见了寒露

寒露天气，照顾好自己

照顾好语言

7

陌生的事情

都是悬而未决的时间

我望着停不下来的雨

知道我今天仍然会吃掉一个西红柿

并看见了在路上的你和他们

在强劲的观察力下面

有一个三分之二熟透的西红柿

另外三分之一正在慢慢地

在今天晚上的下半夜才会成熟

对此，宇宙间的事

都悬疑于成熟和未来

我们要适应品尝西红柿时

那过于成熟后的

三分之二的甜和酸

那还没有成熟的

三分之一的涩味觉

8

战事不断

晚秋的肩膀上挂着残叶

风吹拂而至

我心空出去的那部分

应该开始耕耘

是的，我找到了语言

像你讲述的故事中

有魅惑的戏耳之影

9

诗歌如同农人的麦地
为那些破晓而出的
语言，我们害怕自己死于非命
但我相信，每一个人的舌苔都是歌唱的
源头，所以，我们为爱而吻别

10

你的利齿和内衣
像我走过去的麦田
要有很多的毒
才能唤醒沉重的美德
在什么样的天气预报中
才能知道我抵达了
哪些荒野？求生的
人类制造业如此强大
能够控制住灵魂的
磁铁还没有出世
因此，我在石头村又睡着了
依倚着岩石和木头
我就会放下安眠药

我就会有一场幸福的睡眠

在荒僻遥远的区域内我只是这里的

一棵树，或者是药典中妖娆的花草

在这样的时代，从低低的云路

走回家，就能穿上我

喜欢的那条棉花裙

11

一男一女

在城市远郊外的丘陵中

走出来，他们的衣服上

都是枯叶草棵

仿佛他们在腐叶和树叶中为性别

刚结束了一场搏斗

我站在云端下梳头发

又看到了水塘边

一个老人在钓鱼

他瘦小的肩膀上搭着

一件干净的外衣

他已经坐了整整一天

我已经走了

几公里，又来到了

有人骑自行车的小路上

12

作为女人，我发现女人的颈部

容易衰老，因为在锁骨以上的颈部

不时地扭动，为一个个女人

寻找到了一碗水、一个针线盒后

女人总会安静地坐下来喝水缝补

低头的时候，颈部下

出现了一条条河流

女人弯下腰，想触摸

那条黑暗的流水

女人在河边洗澡晒衣

一个时代结束了

另一个太阳升起时

女人仰起头来

她的头颈下出现了

像河床上一样的皱褶

13

接受自己

才能接受别人

给你戴上的帽子

这顶帽子起初我并没有

感觉，被放在衣帽间的架子

那高过我肩膀的衣架

为了什么要撑起没有人

戴上的一顶顶帽子

帽子，我竟然有一顶顶

比蘑菇大一些的帽子，在高原

太阳热烈而又炫目

我喜欢戴帽子

不喜欢打开伞，无论春夏秋冬

帽子成了我的饰物

会见人时压低帽檐

会让我知道帽子上空

有云彩变幻无穷

烈日炎炎下我头顶的

帽子给予我凉亭般的温度

我又看到了有人送我的

那顶咖啡色帽子

哦，从帽子中移过

这顶帽子戴在头上

这时候，心情突然好起来了

虽然看见一个残冬即将来临

我却有一顶喜欢的帽子陪伴我

是的，帽子，我的饰物

来自高原的云絮

在我低低的头顶上变幻着一个女人

在死亡未来临前的生活方式

其中，帽子也在变幻着

我的衣装手提包

还有一辆高铁

突然停下来时我叫出的站名

14

十月阴郁的天气中

我的冷从膝盖骨开始

半个多月的雨

看上去还在继续

我们所继续的

仍然是最为古老的习惯

将每天的身体

用于时间的千头万绪后

回过神来时坐在蜘蛛网

下面的石头上

那只大黑蜘蛛已经借助于树枝
织出了让我们惊喜的蜘蛛网
于是，站起来，昨天在法依哨
又看见了牛车
一个七十多岁的老人
我想留下这个瞬间时
落日来了，在那束
金光弥漫的光束下
我只看见了那头水牛
牛车斑驳的剪影
所有铭文般的美瞬间即逝
我的美早已越过了
花瓶中玫瑰花的绽放
我的美是一枝枝玫瑰花
凋亡后的回忆
我的美终将抵达
在你观察一只蝴蝶
一群蜜蜂的时辰
我的美终将抵达
在你的肩膀下面
是一条小路弯曲向前
我的美终将抵达
旷野之息高过身体呼吸

并为之而升起月光色的歌吟

15

来自法依哨的女人背着一个包

低下头在一棵核桃树下捡核桃

她专心致志的模样

看不见走过她身边的人

我看见了那个包上

绣着她祖先的图腾

那只大鸟一定代表着图腾

这是我想象的：一座村寨的女人

在树下捡核桃时不知道

她已经回到了古代的

飞翔中的生活

那时候山川更寂静

水漫到山坡，水可以喝，也可耕地

大鸟也可以栖在水泽中喝水

沿着大鸟飞过的痕迹重回核桃树下

那个女子仍然在现代

找回遗留在草丛野花中的核桃

16

现在，已经很少人
在纸质笔记本上写字了
我有很多笔记本
并在上面写字画插图
当一些黑暗想压倒我时
翻开笔记本时
我有一秒钟会很恍惚
在下一秒钟内我
会有写字的冲动
当一些光明想拥抱我时
我已经在笔记本
画出了六月的向日葵

17

旅行就是为了不远处
意外的一顿美食
那天晚上来到了一座小镇
我们坐在热带雨林的
芭蕉树下的红河边
一块很大的石餐桌上出现了竹虫

在热锅中炒熟的竹虫像睡着了

我的筷子始终

没有碰那一盘竹虫

我无法去享受

从竹叶中爬出的小虫

在没有下锅之前的

小竹虫应该是青色的

应该是绿色的

应该是白色和红色的

我们人类的餐桌上永远有绿菜果蔬

我满满一碗的番薯块还有绿青菜

还有苞谷烤土豆……还有粮食酒

这些美酒美食已足够让一群旅行者

忘却了肉身的厌倦和疲惫

而眼前突然而致的

那道余晖中有一道紫光

我们睁大双眼

邂逅着这道忧郁的烟尘

低下头来各自默默地干杯后

沿着红河岸上的小路

回到了小镇客栈

推开窗时，竟又看见了那道紫光

这忧郁的光芒，竟然是我身上的光

我眼睛里的光……
第二天，我说到昨晚的那道光时
所有人都说没有看见
我自己看见的光
当然是身体所携带的

18

于是，我们就有了
在这个夜晚来临以后的事

19

先安顿好我的身体
肩上酒红色披肩
总携带着一些枝叶
用手摘下时
有荆棘感
可以让手触摸而产生疼痛的
是皮囊的疼痛
而让我走出去时
总有从黑暗深处召唤我的未来
从上而下阳光就会温暖起来

先安顿好我的身体

再跟你们约会

晚秋以后，我的安静

如果被秋叶覆盖住整个身体

有可能我会加重遗忘的部分

那些沉睡的东西

都会被我放在坛子里

要么成为酒

也有部分会成为谷种

20

乘高铁写作，虚掷的时间

像铁轨上看不见的距离……

那坐窗口的女人忧郁的目光

任凭这无穷无尽的力量轰鸣而去

辑五 —— 麦秸色

光焰中升起的嘴唇

在所有颜色里
我最喜欢将身体重现在麦地的时光
苦厄并不会剥夺世人劳作的权利
那些光焰中升起的嘴唇
歌吟的永远是天边尽头的事情

当一件事尘埃落定，空气纯净
如同新生婴儿张开嘴呼吸着果树中
涌来的苹果成熟后的香气
我想起很久以前在麦地拾起的
那束麦穗的午后生活

一个人靠近我，想在麦地中吻我
很久以前的事，他吻到了我肩上发丝
吻到了我身体外飘忽的麦秸色
吻到了我十八岁时迷茫的眼睛

那是一趟悬疑式的旅行

从前，仿佛是半夜时错过的列车
那是一趟悬疑式的旅行
那是一辆绿皮小火车上的遇见
那些在火车上剥着花生的人们啊

那些就着烧鸡喝着啤酒的陌生人啊
那些不时地在手腕上看时间的女人啊
那些穿格子衬衫的年轻人啊
那些坐窗口将香烟灰弹出窗外的男人啊

人生很短，尤其是半夜醒来后
看流星转逝，如同吹长笛者
默默地站在僻静的小河边
送走了身体单薄如垂柳的恋人

礼仪

最好的礼仪，是沐浴后的身体
走过青草地时的欣悦
她垂下裙摆，深入骨髓的爱
隐形于春风吹开的帐篷外的深鞠躬

最好的礼仪，是迎来燕子重归旧巢
从空中衔来的枝叶草蔓柔软轻盈
她站在屋檐下等待着桃李绽放
她仰头看一只燕子又飞过了春天

最好的礼仪，是没有栅栏的庭院
她在花园中悄声细语如同惊鸿一瞥
捕捉一只蝴蝶又放飞于窗外
蝴蝶去的地方正是她想继续去的旅途

浪漫

一个人，因为热爱由青变红的苹果
就用锄头挖地，从雨水中移来了苹果树
纤细的苗茎朝着太阳挺立起身体
此后，一个人就幻想着树上的青苹果

不想跟任何人分享忧郁的心情
就坐在苹果树下想象着明天的事情
突然间发现苹果树枝摇曳时
就像遇到了烈火真金熔炼后的黎明

我如果拥抱你，是真的伸出了手臂
从云梯间过来我尝尽了尘土和玫瑰
我的手臂上刚承载过天上来的浮云
我的身体交给我就有了玫瑰的隐喻

吃什么

吃什么？这是一天中的生活
刚刚睡醒后的晨雾，总让人羡慕
那些深居大山深处的人家
我能想象他们吃到的是鲜果和野菜

我吃着红薯时，一个时代结束了
百年以后还会有红薯吗
脱胎换骨以后还会有灵魂吗
在观察一只猫穿过墙壁时我看见了什么

吃什么？都想寻找到源头在哪里
我如果出生在古代，会不会是女人
我如果轮回而去会走到哪里
诗学的界限就是产生了无穷的距离

燃灯以后光线越来越明亮

每天燃灯时，就想起了我的母亲
她曾经像羚羊般穿过峡谷村寨
她的母乳喂养过我们好几张嘴唇
她曾经在暴雨中给我们带回来栗子

燃灯古佛，我看见了我的前世
在漫无边际的荒野深处的我
像是一只野鹤想从山坡上飞起来
那只飞往人间的野鹤就是我的身体

燃灯后，光线越来越明亮
我想起了花园交叉的小径
不管往哪一条路走最终都会回家
那只扑腾而来的喜鹊栖在了我肩膀

我们总是要见面的

我们总是要见面的，这是宿命论
所追踪的某一条银白色的河流
好消息正在路上，这是你告诉我的
真理和幸福所沉迷的历史

我换了发型和披肩，只有我眼神
依然保留着过去的忧郁
每一阵微风细雨过去后，我站起来
去开门时，总会有邮差带来的信札

在发黄的牛皮纸信封里
我们总会不经意地谈论白天和黑夜
红色高原上的闪电盒子中的秘密
那些惊世骇俗的传说中有我们的语言

沿着麦秸色的高原

沿着麦秸色的高原，这是一条
壮丽的深渊巨口，吞没了那朵乌云
我的暗香疏影来自麦秸色
来自天堂和人间疾苦中的绿绸缎

那一匹匹从青色转身向未来而逝的
是我刚走出来的暗夜。如同精灵们
从林中小屋走出来，遇见了人类
哦，人类，这就是我麦秸色的高原

高原是红色的，是麦秸色过渡的
红色，如同镜子前的我
走过了太阳普照的村寨
铭记了女祭司诵咏过的生死咒语

割麦子是一场伟大的庆典

割麦子是一场伟大的庆典
镰刀就像是亮晶晶的弯月
倒下地的麦子成熟了
我昨晚梦见了这些凡尘间的场景

当麦子成熟后大地的温度升高
我知道城里人都喜欢吃面点
但更多人没有时间走到麦田里
哦，小鸟们最喜欢的麦收季节就在眼前

高过门槛的永远是宁静致远的天堂
我跟随着收麦子的农人们
走过了那条比黄金更灿烂的小路后
我没有看见路两边凋谢的野花

枕边书

书来到枕边，新疆棉的床上用品
书依墙壁林立，就像小树林
如果一个女人离不开书籍
就像离不开沸腾着水壶中的鸣笛

慵懒的身体来到床上时天已黑
每天晚上都在沐浴后最后一步抵达
就寝地，手伸向书中的一本
更喜欢翻开从前的旧书想找到痕迹

枕边书，像孤独的丘陵起伏中的松涛
我在书中寻找着那些未知的线索
每夜我都在读书中会晤
那低沉而私密的暗语后再进入安魂曲

送给我波涛的人

送给我波涛的人，我馈赠泪光
如同琥珀色的岩画下的群羊们
寻找到了水源。我没有与世隔离的人生
阳光照着我玻璃色的纽扣

送给我土豆的人，从山里来
我该馈赠大米还是针线盒
空气越来越好，这是我的云南
是哀牢山上的石门峡，我钻过了拱顶

送给我蔷薇的人，正在为我移植来
有刺有花蕊的礼物，用不了多长时间
顺石墙而怒放的野蔷薇，将迎来
宁静致远的生活，它是我馈赠世间的礼物

睁开眼睛就是全世界

如果醒来，第一眼看见的是什么
我想与什么场景相遇？磨盘山
有你想跟踪的走不到尽头的森林
一个青年往前走，想去攀远方的红石崖

如果我告诉你，睁开眼睛就是全世界
你是否看见了我抚摸过的树篱
那些有黑蜘蛛织网的屏障下的小路
人世的秘密都沿着身体内部的血液在循环

我左右不了我与时间的矛盾和冲突
今天我丢掉了几双废弃的旧鞋子
我还剪去了十一月多余的树上枝条
对于男女，是燃烧和灰烬的关系

美好神秘关系的渊源

产生美好神秘关系的渊源在哪里
回过头，每一次微风拂面
一束束头发遮住眼帘，这无常变幻的
是我们对于过眼云烟的回忆和忧伤

看见母亲时，就回过头
看见了坐在木凳上劈柴块的父亲
那时候，父亲就像是我们的太阳
母亲是每夜我们头顶上升起的月亮

当雀鸟偷吃树上的红樱桃时
我在偷吃禁果，观察四周麦浪的起伏
当野兽们在丛林中奔跑行走时
我已经离家出走穿过了黑夜的朦胧

很多人依河而傍筑梦而生

我出生以后的事情，太多的已忽略
在我意识中树是绿色的
每棵树都会开花结果
全世界的雀鸟们都会栖在树上议事清欢

在我记忆犹新的地方有一条河流
很多人依河而傍筑梦而生
我走过去蹚过岸边的沙河
有水的地方就有万物万灵的生死

我有无穷的焦虑症，因为明天是新的
我将钥匙带在身边，害怕失去
那条明亮的路线，我虔诚地
述说着一个故事，有开头和终曲

弹指间的虚幻扑面而来

火车又穿过了长长的隧道
狗尾巴花是紫蓝色的，在出洞口时
扑面而来，我忍住了喜悦的尖叫
将头贴向通向未来的车窗外的尽头

我是喜悦的、满足的、虚幻的
当你们在描述物语时，我想念着
一个个虚拟的名字和场景
我想趁着有暴雨和闪电交织的时间

写下那些来自身体中的句子
我想从旧日的供销社买到我想要的花布
我想成为一·个幸福的人
我的手上有伤疤是因为我的血是红色的

默默的

没有语言，是因为我在聆听
当聒噪声减弱时，鸟语如同乐谱架
弹幕而出的流水和飞翔的关系
在观察世态时我们经常与鸟相遇

默默的，这是多么好的状态
无论有多少降温的消息
都无法形容我内心升起的烟火
尘埃中的阳光融入了茄紫色

我蹲地摘下三个饱满的茄子
这一生我都在为生存而忙碌
我从火的燃烧中伸出双手时
总有黑暗让我去猜测外面的世界

忧郁是蓝色的

忧郁是蓝色的，不可多见的蓝
更偏向于紫蓝色。你没看见的
山野正在以魔幻和浪漫的力量
改变自己的命运：那棵树飞出了

红嘴蓝鹊，就像我的忧郁
漫山遍野的翅膀，更像我的诗句
那些握住农具的人上山了
从荒野中找到了山楂树上的鸟巢

避开乌云密布走通了又一条山路
我带上忧郁的身体
遇烈火而过最终幻想的事情
随同一颗彗星的尾翼渐渐上升

原始森林中的藤蔓

最喜欢走到原始森林中的藤蔓间
忘却在落地玻璃窗下的哀愁
看见了藤蔓缠住了藤蔓又绊住了
树根下的藤蔓，我看见从东方来的太阳

伐木工早就离开了，不再带钢锯
住在森林里。是啊，缓解生命疼痛
需要放下刀锋和贪婪的野心
我的唇间无意间尝到了树上的露水

在藤蔓缠住人类的钢铁和身躯时
藤蔓以巨大的穿梭力朝空中升去
我还是看见了最后一个狩猎者
生活在树上追逐着那只奔跑的麂子

我见过一个在树上生活的人

我见过一个在树上生活的狩猎人
延续着古老的习俗，树上搭起了房子
他并没有以捕杀动植物的名义
生活在树上。他的脸仿佛转世而来

有着古人的色斑，以至于我想象着
这是幻境中的场景，抬起头来
那树上的房子生长出了厚厚的青苔
远看像是一座绿色的蜂巢

一个在树上生活了很多年的男人
没有人能猜出他的年龄
也没有人爬上树去看他的房子
有松鼠从那棵树上跑过去跑过来

仙境

当人活到看见仙境传说时
已经见过了云来云往
在泥沙俱下的时刻，总会看见
一条河流就在你的门外

我是真的爱你，带着箱子
细雨中我们拾级而上
每一阵雨雾后我都会重新爱上你
我就是你，你就是我

我寻找我选择的方向继续朝圣
我就是我自己的先知
我朝圣我未抵达的秘密
我朝圣我吟诵过的赞词

一间房能生活多长时间

一间房能生活多长时间
完全依赖你的气息贯穿到底的是安宁
只有从杂草丛生中走出来
才知道在房间里的生活不仅是睡觉

一间可以用来读书的房子
必须有取书的木梯，有松木味
去收拾残留的回忆，抚摸书脊上的海洋
因此，我的房子里有顺墙而立的风骨

一间房子将睡眠延长在海岸线
是为了在卑微时站在海边吹吹风
海风让骨骼惊奇于波浪那无止境的撞击声
睁不开眼睛，眼眶下的蓝色铺天盖地

厌倦

有时候，我多么厌倦
在不同的颜色深处有我的痕迹
我想尽力擦干净留下的残痕
所以我等待一场暴风雨降临

是的，当我厌倦时
就想删除个人史上的点点滴滴
来自葡萄酒的污染使风衣外套被风卷走
故乡离大海太远，湖蓝色成为我的绳索

无论我多么厌倦
我都会松手解开肉体上的绳索
如此美好的又一天早晨
看见了喜鹊已经在屋顶上散步

在无人之境

在无人之境，望见瀚海和岛屿
是一个人最重要的旅行
碎片压低了声音想继续从花园突围而出
我亲爱的骑手又回到我身边

又一轮回的乱世让人心险恶
我静静地守着一条河流的彼岸
古老的家谱告知我灵魂的秘密
越来越好的干净的天窗上有了光明

一大群麻雀在抢夺院子里被风吹起的树叶
一片片可食的叶片即使干枯还有浆果味
一顶麦秸色草帽之上是我广阔的摇篮
在无人之境，留下了自己一个人的生活

围炉而坐的人

围炉而坐的人，刚刚从霜降中回来
三分钟内脱下外套，解开盔甲
寻找到那古老的木凳子上的纹理
坐在地球的边缘想获得自由的思索

我抛弃了一条条绳索刚刚解放了肉身
静悄悄的烟火里有尘埃
静悄悄的尘埃中有我的语言在回忆
此刻，是我的生日，母亲曾经受难的时刻

围炉而坐的人，有陌生人的音调
我该怎样寻找，才能知道我
在未来的某一艘船上遇见的颜色
是不是我最喜欢的麦秸色

现实主义的场景

蚂蚁被一阵暴雨湮灭了逃亡的路线
从头到脚，我的身体交给了暴雨
我站着不动声色的样子才是我的原形
当世界空寂时天地间更美了

美学，像一张白纸黑字间的彼岸
所有事物都在上岸，那头上岸的水牛
被我看见，水牛站在油菜花香中伫立
哦，香味儿是无法抗拒的就像忧郁

拖拉机载着牛羊将抵达世界的尽头
那些在车厢中仰头的牲畜们
并不知道前面是否还会有鲜美的牧场
敞篷车中的牛羊们失去了四肢下的奔跑

此时此刻的我

走出村舍朝前走，如果能看见野花
我就能知道那些花儿的名字
然而，寒风刺骨之地
我看见了岩石上的羚羊挂角

此时此刻的我，失去了文明的线索
这个石头上的村舍就几户人家
我忘却了从迷雾走进来的小路
如果我消失了踪影请去书房搜索我的灵魂

穿过冰冷的石头岩壁，又有了
回到邮电所的感觉：在观察蜂巢时
我的身体仿佛也在酿蜜
因为有蜇伤的触觉，所以我满身甜蜜

送走了最晦暗的日子后

送走了最晦暗的日子后
送走了房间里最后一天枯萎的花草
送走了隔夜的饭菜和茶水
送走了绵绵不断的虚拟和记事

好久未联系的那些年的逸闻趣事
突然使空气凝固，我又开始了
在为一只蝴蝶飘舞而出门旅行
衣柜里从前的衣服迁移时被我舍弃

启蒙我的阳光灿烂，恰到好处地
使我的颈部和血管舒畅如山间溪流
送走了最晦暗的日子后
寒冰正在谋划着一场岩石上的庆典

裙子上的皱褶

一个女人裙子上的皱褶
就是我的一生。自从我
穿裙子后，天际间就越来越广阔
我是一个穿裙子的女人

我穿裙子来到了人烟稀少的荒野
许多诡异梦想都来自孤独的鸟翼启迪
躺地上就能在厚厚的腐殖叶上睡一觉
有野兽来了我会装死避开了侵袭

我裙子上的皱褶，有时像花儿
有时像碎片，有时像水面的青苔
有时像烈日下鲜红番茄地的枝条
有时像鹰飞过后一阵阵的战栗

去摘茄子的小路上有小雨

去摘茄子的小路上有小雨
雨是突然来的，很多事
如同诗句，染指般的凤仙花
从指甲上跳出来，如同妖姬若即若离

与世隔绝的山地上有蔬菜地
那是我入住村庄农户的菜地
她说，茄子熟了，去摘茄子吧
我笑了，多么简单的生活啊

头发上飘来了细雨，小路就有泥浆了
她说，昨晚下过雨，这是昨天的泥浆
我在她的语言中感受昨天半夜的雨
望过去，成熟的茄子就在眼前

辑六 ——— 水之赋

一只天鹅站在水边饮水

一只天鹅，将我引渡到了水边

我渴得厉害，似乎在梦中的沙漠中走了很久

滑落于树枝的响声，超越了轻重缓急

水的本源，从饥渴开始，当你口渴了

树脂干枯着，空气中有滚动的烈火

当你口渴时，天鹅飞过了变幻无穷的云层

水，是什么？在你的血液中循环的是什么

红色，一个词根。贯穿于身体的是血管中的流速

连接起身体外部的生物钟

比如，带着血液的奔跑者来到了水之岸

有时候，当你寻找着杯子

你已经口渴了。当你从沙漠风暴中走出来

一只天鹅的飞翔，让你的身体在奔跑

你看不见天鹅从云层飞出来的路线

但你看见了它突然俯冲而下，来到了水边

你同时看见了一群候鸟也站在水边

将它们的头颈移向波光中的晶体

一群鸟是怎样喝水的

一只天鹅是怎样喝到水的

一个人又是怎样喝到水的

追索水的本源时，我来到了水岸

一只鸟只能喝到一滴或三滴水

一只天鹅只能喝到云朵般柔软的三四滴水

一个人也只能一口一口地喝水

水的柔软无骨，使你要慢慢地品尝

从天上来的水与地上涌出的水的距离

水里藏刀剑，就像是肉里有坚硬的肋骨

有水的地方，就有飓风波澜

有水的地方，称为彼岸

两个彼岸住着幽灵和神仙

从空中架起的桥梁，幽灵和神仙彼此来往

一只鹅，将我的目光引渡到水之岸

我趴下身喝水，一只天鹅和一群候鸟们也在喝水

只有当你口渴时

只有当你口渴时，才知道水的本源
就像母乳。需要在漫长的时间中来回地轮回
我想起了一些环绕我们的植物的名字
番茄、茴香、石榴、凌霄、脐橙、紫竹、茶花
柠檬、杜鹃、土豆、树上木莲、野百合、菊花
还有向日葵……我想起了，花和植物
产生了辨证学的关系，在一个旷野
它们总是需要尘土，又彼此寄生于自己的家族
就像你，在寻找口杯时，已经来到路上
活着，手可以举起来又放下
耳垂可以通向外面的世界。你好吗
就像水，来到了手指缝中后落下去了
我们去寻找的是水源地吗？那刻骨铭心的
是我们看见了水从树根下沁了出来
只有当你口渴时，看见水沁出来时
就像一只银色的蝴蝶从树枝中飞了出来

从湖水中捕食到小鱼的水鸟

出门只有一条路，就没有多余的选择
这是上苍赋予的，就像鸟除了飞翔
当它来到人类面前，为了觅食在苇丛中筑巢
那是一座环形的湖，无法用双臂丈量的湖心
是湖的中央区域。水有多深，一只鸟扎进了
水中，捕捉到的一尾小鱼……是红色的
你见过这场景吗？水鸟猛一抽身
向空中飞去，细看它的羽毛
并没濡湿，如果羽毛湿透，飞翔有多沉重
这是眼底下悲壮的一幕，水鸟衔起小鱼
拍打翅膀，偏离开水面。它将往哪里去
所有的世界史，都离不开童话
也离不开寓言。尽管童话跟寓言
是两回事。亲爱的，当你左右环顾
是为了相逢。有相逢必有告别
正像有生必有死。这些东西都在美妙的
童话世界里遨游，在寓言故事中翩翩起舞

而一只水鸟，却以我们无法想象的爱

飞进了芦苇丛中的鸟巢。因为它捕来的小鱼

足够里面的三只幼雏瓜分

饥饿，是生命的第一特征。童话的源头

就是从饥饿的味蕾开始的。而寓言就是

绿苇丛中那个鸟巢。经历了几十次的捕鱼

有一天，三只鸟儿从鸟巢中探出了头

这一天，多么安静啊，三只小鸟

来到了湖边，第一次将头探进湖水

喝到了水，同时也看到了湖水中的鱼群

多么安静啊，三只小鸟突然腾空而起

土豆的花是蓝色的

你知道吗，土豆的花是蓝色的

是天空般的蓝。一个妇女将土豆种在山地上

离水渠很远。是从山地到山脚下的远距离

你看上去很近，就是几尺竹竿似的远

而一旦走起来，要走多长时间

时间离开了钟表，全凭太阳的移动感

一个山地妇女手腕上没有表链

她四十岁左右，这块山地是她命中的转盘

从早到晚，她从山脚下村庄出发

现在，她肩背一只木桶从山脚往上走

水在木桶中晃动，每天几十趟

从山地往下走，穿梭着从灌木丛中闪出的小路

蛇一样盘桓出的小路，是她一个人走出来的

背水上山，去浇灌山地上的土豆

现在，你知道了，她往返几十趟以后

黄昏降临了。蓝色的花越开越鲜艳

她站在山地上，就像一个女王

疲惫地微笑着，朝后仰起脖颈
那黝黑的、汗淋淋锁骨下的丰乳晃动着

水，在我血液中融入了时间

对我而言，如果没有水身体就萎靡了
准确地说，是像一棵树从头到脚都干枯了
水，在我血液中融入了时间
此刻，为了活着，我靠近窗户
神告诉我说，一个人有一扇窗户
并能打开关闭，就能活下去
是啊，神就是神。哪怕是多么漫长的焦虑
一旦靠近窗户，并能打开它
我在窗口看见邮差在楼下叫唤
是叫我的名字吗？我飞快地跑下楼
细枝末节总是来得太快，邮差递给我
一封信，还有一封未启口的电报
那是很久远的事了。我的手指微颤
院子里，一个妇女正站在水井围栏边洗菜
那是很久远的事了。我打开了电报
邮差的自行车铃声远逝于围墙外的小路
我站在院子里，站在水井边的妇女

穿着白色的确良衬衣走近我说

去吧，去吧，去乘火车，三公里外就是火车站

我听着树上雀鸟的声音，身体中的水

在哗啦啦地流动，那一年我年仅十八岁

而此刻，我站在另一扇窗户前

院子里没有水井，也没有邮差送来的电报

因为，一个电报的时代早已结束了

送矿泉水的青年男子上楼来了

我打开门，他将一大桶水置入饮水机

时代变了，我们依然需要喝水

淘金人住在水边的帐篷里

水会熔化金子的属性吗？那一年
沿江水往前走，看见了一顶顶褐色帐篷
帐篷色，远看就像一丛丛野生蘑菇
我们想起蘑菇时，味蕾就在躁动不安
尤其那些野生蘑菇，熬成汤时的鲜味
是啊，人类隶属于饥饿中的另一种生物
也可以称之为野兽。那一年，无数的淘金人
充满野性地占领了江边砾石岸上的旷野
金子，每当写下语词时，其实已经看见了金子
在发光发热。其实，真实的纯金离我们
是如此的遥远。金子，在哪里？这条索引航线
总能让人去探险，为了金子而发动战役
那一年，看不见硝烟，也看不见藏金之路
数不尽的淘金人，来到了一条宽阔的江岸
水在这里湍急而又傲慢地往下流淌
淘金者有女人，在天气炎热的午后
她们穿着宽松的上衣，可以看见丰乳中的

乳沟中流淌着汗水，男人们穿着短裤

其余的部分都赤裸着。女人们赤脚在砾石中

面无表情地行走，感受不到赤脚的疼痛

有时候，会看见她们跑起来

跑到江水的潮汐边，跑到她们的男人身边

我只是路过此地，并不知道

他们是否能从江水的汹涌起伏中淘到金子

女人们的头发汗淋淋地贴在面颊

她们在岸上生火做饭，晚上钻进帐篷

躺在身体像青铜器一样黝黑的男人身边

黑暗的夜晚，有潮汐漫过他们赤裸裸的身体

迎着正午的阳光，往前走

猛然会看见一只巨蟒在旷野中移动身躯

这原始的惊悚，差一点就让我发出了尖叫

一个女人走近我，低声说，别叫

如果你叫，它就会要了你的命。她靠近我

我感觉到了她身上有男人的气息

有江岸之上看不到尽头的黑色迷离的气息

我没有看见金子，只看见男人和女人

厮守在这条江水和岸上的旷野

蛙一样游动穿行的命运

池塘边，我们久久驻留，看见了蛙
之前，我们刚离开了高速公路
速度，就像冬日的冰雪覆盖了新大陆
我们在其中等待阳光静悄悄地融化
但我们却无法阻止外在的像风一样快的速度
首先，要设法让体内的心跳慢下来
慢节奏，总是让我想起水怎样泅湿了身体
男人又怎样在充满麦芒的土地往前走
慢节奏，如同十指伸出去
每一个指头都能获得风雨的拂动和清凉
慢节奏，是我们从锁定的时间中往外行走时
遇到的一个池塘，看见了蛙
犹如看见了我们自己，在喃喃私语后
披上了朝与暮的光泽，迎着排箫般低诉的
从叶片、紫薇、番果中弥漫而来的节律
我们将自己的身体，带到了那蛙一般的
游动中。是的，蛙一般游动穿行的命运

我们在此驻留，你能陪我多久

这个追问，像水中青苔下蛙的无影无踪

终有一天，我将长眠，而此刻

我获得的自由，就像池塘倒映的蓝天白云

有水的地方就有砂器

砂器，是另外一种随同我们漂泊不定的
形而上的时间。无论我们身置何处
都无法摆脱时间。有水的地方就有砂器
有谁能够在时间外奔跑？砂器在嗖嗖穿行
附带着人类残留在其中的毛发般的轻盈
此刻，在一座村庄，刚出生的婴儿
还未剪断脐带，婴儿的啼哭
带着子宫中的血腥味儿，总能划破天际
此刻，那么多的沙中蜥蜴们正敏捷地
去捕获食物。此刻，干燥热烈的温度
砂器变幻着水边的影子，那些带着金盏花的
使者，会路过此地吗？那些厌世者
透过无穷尽的旅路，来到了一座客栈
在砂器般的客栈，那焦灼、灼热的
随同夜色上升，变得越来越凉爽的旅者
终于安静下来，合上窗帘
砂器中有水细密地流淌，在梦中
干枯的树全部穿上了绿色的长袍

河床上的白鹭拥有崇高的使命吗

我看见了妇女们在盛满白色豌豆花的庄稼地
露出了上半身。我看见了她们站在水岸的
斜坡上，安身于自己的出生地
我眺望着她们采摘豌豆的背影时
将目光投向碧蓝的河床，万物重生
使我看见了几只白鹭。它们是像我一样
路过此地吗？白鹭们栖在了河床上
河床上的白鹭们拥有崇高的使命吗
面对几只白鹭的栖身地，我忘却了人世悲哀
那些混沌的壁垒，坍塌的阴影离我远去
从一条小路往下走，旁边有伴侣的气息
他总能陪同我从高高的崖顶往下走
我总能跟上他的节奏，就像玄幻之夜
发明了我们朦胧的仪典
银色的月光，昨夜刚逝去
我们从小路走到了水边，那崇高的
变成了几只白鹭的形体，它们栖在河床

废弃的木船上。这或许是白鹭们
长旅的中途。他伸出手在空中触摸什么
在他眼神中，我看见了白色的羽毛
变幻来得如此之快，那几只白鹭带着使命
缓缓地开始拍打着翅膀，此时此际
我忘却了赎罪时的痛苦，将目光投向天际

浣洗衣服的妇女生活

赤脚站在小河边洗衣服的妇女，在她身后
就是她的村庄。炊烟，有时黄，有时黑
有时熏着她的双眼、脊背、发丝
有时让她咳嗽。生育过的她，隔一段时间
将男人、孩子、老人的衣服放在一只竹篮中
她背着脏衣服来到小河边。白云从她头顶飘过
一袋洗衣粉分几十次，浣洗着衣服
腰酸背痛，不远处是她的庄稼地
几十年前，她在对山歌中遇到了她的男人
从山水的另一边，她嫁到了这座村庄
黑暗生黑暗，光明生光明，春光处
她有了苍茫，从头到脚，她跟着蛇在蜕变
跟着烟雾在迷失，跟着太阳到了黄昏
跟着白月光在睡觉。我看见她时
听见她浣洗衣服时的水声。这些年来
在她的歌谣中，她亲手埋葬过死去的候鸟
午后劳作时，她会坐在一头水牛身边绣花

在她的绣花布上，所有的鸟都会飞起来
所有的牡丹、芍药、月季、绣球都会绽放
所有的太阳都是红色的，所有的月亮都是圆盘
她弯着腰，在小河中洗干净了所有的衣服
再将衣服晒在小河边的果树上
然后走到一段被大榕树覆盖的转弯河道
环顾四周，看不到一个人影，女人
将身体上的衣服抛在岸上，开始赤裸洗沐
我看见的是一个真相。在她的身上有三个疤痕
一个在膝头，我想象着这道伤疤的来历
在穿越峡谷林地时，膝头碰撞到了刀锋
另一道伤疤在她的腹部，这是分娩留下来的
另一道伤疤在她的手臂，这是镰刀划破的
她站在大榕树下的小河中，赤条条的身体
舒缓的河流，牧歌般的节奏
树叶垂下来，覆盖着她黑色丛林般的洞穴
双乳高高地耸立着。她的美，被世人遗忘
被巨大的屏障阻隔。她走出了小河
站在大榕树下穿衣服。我看不见她的苦难
我听不见她的泣声，我看不到她的灵魂
我也看不到她的肉体和疼痛
她从树上收回晒干的衣服背在身上朝村庄走去
我想象着无限时间尽头的光热下她的未来
我想象着她家的黑色木栅栏里牲畜的味道

飞禽走兽们纵横的水域

有河流的地方，就能看见野兽的皮毛
也能在石缝花枝上看见纤细的羽毛
你能在一只野鹤和天鹅的形体中寻找到不同的
云层走向吗？还是让我们回到有水的地方吧
没有人可以在一片沙漠中走向无穷无尽
没有人可以离开水还能活到明天的明天
先来看野兽的皮毛吧，最早看到的野兽
是一匹孤独的狼，在一片江水的上面
我们趴在野生橄榄树上，有人说狼来了
有人能分辨出狼在丛林中穿行的速度
有人还能听到一匹狼孤独的嗥叫声
我们藏在茂密的橄榄树上，紧紧地抱着树
树枝是我们的遮蔽墙体，屏住呼吸吧
但我们对一匹狼的存在是那么好奇
从树枝的叶片中往下看，那匹狼出现了
灰黑色的狼看上去确实很孤独
它的嗥叫是本能的，那匹狼在捕捉着空气中的

味道，那正是万物在夏日生长的季节

无数的野生植物混淆了我们作为人的味道

从树叶的缝隙中我们看见了狼的皮毛

纵使野兽们不断地穿越丛林

但我却未看见它们皮毛上的灰尘

难道它们每天都在像人类一样洗澡吗

那看上去非常华美而柔软的皮毛

就是它们的衣服。那匹孤独的狼

不断地伸出舌头，看上去它口渴了

果然，它朝着江岸伫立片刻，它发现了

水源。之后，它发出了一声猛烈的嗥叫

从丛林深处跑出了几只幼兽，那匹形体高大的狼

带着那几只幼兽，跑了起来

我们趴在树上，看见它们到江边喝水去了

几乎同时，我们从树上滑下来

在身体落地的刹那间，我们听见了

空中的飞禽们拍着翅膀往江水的上游飞去

雪白的一定是天鹅，这一路上

总会在恍惚中仰起头，偶见天鹅雪白的翅膀

会带来斗转星移的世态

灰蓝色的一定是鹤，这一生中

注定要与天空中的鹤相遇

哪怕背倚着一道道赭色的岩壁

我的眼睛也在目送着这些飞禽走兽们的幻影

一次次地相遇，一次次地目送

总能让我垂下目光，找到自己的位置

于是，我在蓝色鸢尾花中发现了天鹅的羽毛

带着那根雪白的羽毛，我又来到了水边

人，真是一个奇妙的容器，它总是需要水

便开始寻找水，在行走中，又发现了野兽们

奔跑时留下的脚印，它能在荆棘中奔跑

水的形而上学波纹

夜幕下，看见水的人就是在无限循环中
看见了自己的原形，众人都已经沉入梦乡
她站在窗口，这世界有窗口
是为了划分白与黑的分界线
能够在冰冷的墙壁下看见自己影子的人
一定会感受到时间的过去或未来
而现在是一个谜，有待我们
以松鼠们掠过树枝的自由和轻盈
闪电带来暴雨的惊叹和速度
去迎接每一个从窗户下走过的人

当麦田的沟渠中有水声畅流

通向麦田的路，总能让我们从风中飘散的
云朵中找回欣喜而忧伤的记忆
一朵云的走向就像一个人的命运
从灰尘中我们总能找到越过星辰以后
最为明亮的白昼。越过茫茫无际边缘者
其实，是要寻找到那些半明半暗的时间
麦田，是一个人必经之路，对于我来说
青麦，以及充满金黄色芒刺的麦田
是有距离的。当苍白倾向于冰川
青麦倾向于奔跑者的青春气息
麦芒的金黄色下流淌着水，我们便有了
选择的权利。木格子和玻璃制作的窗户
是两个时代的划分区域。闯入了通向麦田的路
麦田中有水渠，灵魂就活了下来
我承认死去过无数次，但凡遇到水
就像遇到了呼啸而来的飞翼
麦田中的沟渠开始浇灌着根须

无论是青麦还是金黄色麦芒

都是青春和成熟的身体需要水的滋养

水啊，就像书籍立起来

散发出黑檀色的幽暗，又能在长时间

使我们走出去。当漆黑不见五指的夜晚

你会想起来我们走到了麦田的尽头

在那里，河的另一边是彼岸

为了让你的灵魂穿上衣服

为了让你的灵魂穿上衣服

天底下的众生们都在忙碌着

水乳大地，充满了数不清的暗礁

在水边，又一次地看见了野鸭们成群结队地

在水中商议大事，或者用神秘的羽毛

浮动出波纹后，再开始求偶嬉戏

水岸之上，红色的摩托车载着外星球的使者们

正在巡视地球人的轶闻趣事

为了让你的灵魂穿上衣服

我们面对面地，找回了一些往事沉浮不定的

地址。在水边的邮电所，一架老去的电话机

一个盖邮戳的人老去。是的，总感觉

我们依偎已久，依然陌生，门开着

水沸沸扬扬，上升着雾气

我站在你身后，看见远处废弃已久的仓库

我站在人群中，为了让你的灵魂穿上衣服

雨或风云都将越过肩头

我将重返向日葵的山冈，低下头，等待你归来

水事中的下午

下午，组诗《水之赋》中的下午

热烈的下午，词语中的下午

一个人的下午。水，是一个事件

倘若它带来了泥石流，整个水系是黄色的泥沙

倘若它带来了好天气，那碧波万顷下是琼浆

我从浴室中走出来，想去赴约

一个少年在环湖公路上骑着自行车

水，泛着波光的水，倒映着骑行者的背影

背影，我们将目送多少次消失中的背影

才能找回从前的自己。多年以前

我和妹妹曾沿一条河流行走，有水途经

就有生命痕迹的特征。在河床的卵石滩

我们躺下来，任凭河流抚摸着身体

在不远处是耕牛的农夫，一个人扶着犁

数不尽的尘土滑过了锋芒后，种子落下去

而此刻，一个人面对水域，有多少身体

在溅起波浪之后，寻找到了岸上的弹壳

洗干净了肉体中的汗腺。而我们体内的血

面对一条河流时，总能感受到有人在摆渡

有人已经从码头的另一边走过来

有人已经酿制了浓烈的、紫薇花的色香

我偏爱那赭石的海岸

虽然我离海洋很远很远，当我幻想帆船时
仿佛从梦中跑到了潮涨潮落的地方
我偏爱那赭石的海岸，想象着有一艘轮船
带上我。我会抛开人世所有的累赘和负重
像水鸟一样，只带走我的一双苍茫的翅膀
这翅膀，交给惊涛骇浪，交给黑暗中的水手
这翅膀，交给那双挂满时光和琥珀色的眼眶
海洋的魔法，我够不到的布满了暗礁的远航

寂寥的暗夜，你的波澜静下来了吗

我想知道，在我面对夜幕时
寂寥的暗夜，你的波澜静下来了吗
我看见古老的木桥已被水泥钢筋代替
从木桥上消失的背影是我的前世
从水泥钢筋的桥梁上走来的是我的今生
肉欲是痛苦的，需要新的灵魂拔地而起
我站在桥上，扶着栏杆往下看
白昼之水，如同雪崩融化了巨人那孤独的冰凉
夜幕之水，宛如在女人手臂下揽紧的银色之帆
当成群的蚁族在烈日暴雨下迁移着洞穴
你身体中的风水，是跨过了锈迹斑斑的栅栏
这是在飘摇的战船上寻找着内陆之地的安魂曲
兽，在无际的原始森林寻找到了树叶上的水滴
番红花，玫瑰总能流转着晶莹剔透的夜露
在一场战役结束以后，手总能指甲碰着指甲
在碰撞的欣喜和哀愁之下，只要看见水
我们总能活下去。此刻，我想知道

你是不是又见到那只天鹅站在水岸边
将长长的、优美的脖颈伸向了碧蓝的河床
在它飞起来以后，我们是不是还站在原地
或站在高出河床的礁石上，看那只松鼠
越过了高高的树篱，越过了我们看不见的
水一样蓝色的，弥漫着炊烟味和柑橘甜浆的
天空之蓝……

像水一样秘密地沁透，为秘密而消失

像水一样秘密地沁透，为秘密而消失

这是我下一趟的旅行。等着我吧，黑夜的恋人

在本世纪，仍有人取碧云之水秘密酿酒

那些怀抱坛子的人，那些命名杨柳或古刹的人

那些装订纸质书的人，那些跳来跳去的舞者

那些在为春天而寻找牧场者……

等着我吧，为秘密而赴约的恋人

礼赞黑暗的恋人，在水边看天鹅飞向云端的恋人

——等着我吧

让我们到水边去摘下饱满的豌豆

让我们在水边的卵石上躺下来，聆听水的汹涌

聆听，来自我们身体中的灵魂

在水的走廊，长河落日下献给你我的灵魂

等着我吧，无论置身于海洋或陆地

湖水或江河，等着我，像一滴水融入了

另一滴水……等着我吧，水边的恋人

从众多的、诡异妖娆的舞姿中，我找到了本源

回到了你怀抱。等着我吧

人世变幻无穷，我终将回到你的怀抱

水的万千巨变，终将我们载向未来事

未来事，不可说，亦无尽

——就像那些天上的传说，羽翼载着精灵

——就像那些大地的神话，灵魂载着肉体